鴛鴦紋身

張曼娟

序

懸賞鴛鴦蝴蝶

——二〇〇四年初版原序

人的一生總應該有一次的，鴛鴦蝴蝶。

我一直以為自己的鴛鴦蝴蝶，已經祭祀了十八歲那年的雨季。

那年春雨特別多，校園的綠草積了一窪一窪的水潭，我從水上走過，一遍遍地問自己：愛一個人為什麼那麼艱難？為什麼要有那麼多折磨？那麼多眼淚？如果愛有這麼深重的痛楚，可不可以不愛？

從那以後，我變成一個有禮貌而節制的人。

總是有禮貌的微笑，有禮貌的傾聽，有禮貌的讚歎，有禮貌的予人溫暖，有禮貌的婉轉拒絕。不，絕不會踰矩，不會有不適當的言行舉止。

因我是如此謹慎而節制。當心底有些蠢蠢欲動，我的眼前便是那年多雨泛漫的春天，是因深情而碎裂的十八歲。

我選擇了不愛。

年復一年，有時會突然停下，思索並且怔忡：做一隻不能成雙的鴛鴦，沒有戀情的蝴蝶，算不算是一種殘缺？

後來我將創作當作生命裡重要的事，寫著寫著，一時沒有把理智的欄柵拴牢，浪漫的綿羊晃到了山坡上，愜意地蹓躂。人們於是說：「她呀，不過就寫些鴛鴦蝴蝶的。」語氣中的不以為然，並不能令我困擾，反倒因為人們以為我是鴛鴦蝴蝶，而覺得似悲若喜。

二十世紀初，人們讀鴛鴦蝴蝶派小說，為作者高妙的才情傾倒，為男女主角雅潔執著的戀情痴迷。二十世紀末，人們認清了現實的粗糙，確定了世事的變化莫測，以鄙薄的心，拆散鴛鴦，卸下彩蝶翅膀。卻已分不清，是不相信愛情；或是不相信自己？

於是，我回頭去尋找，用一種懸賞之心，走過有鴛鴦蝴蝶的年代，漢、唐、宋、明、清，聆聽那些鏗鏘的諾言，注視那些熱烈的實踐，我被深深地撼動了。我是不懼生死，千里情奔的芙蓉；我是用一生一世供奉花魁女如觀音的賣油郎；我是追求情愛又不肯割捨權勢的趙飛燕；我是為酬知己封肉相贈的喬年；我是因不容於世的戀愛而自沉的翩翩；我也是那追隨寡嫂，至死也要結髮的二郎。我體會著他們的震顫與沉靜，狂野和孤寂。

我聽見翅膀搧動，我感覺破繭而出。我不再是我，我是鴛鴦，我是蝴蝶，而我又是我。

世紀末的人們因為不相信浪漫與愛情，被流放於心靈的荒原。我依然相信，並且懸賞尋找。或者你也在找，或者你已找到。

人的一生真的該有一次的，鴛鴦蝴蝶。

張曼娟

一九九三年十二月四日
台北城．破曉時分

目次

芙蓉歌

你是肥沃的土地，
我卻逐日枯萎死去；
因為，我是一株芙蓉，
而他，是溫暖的水澤。

芙蓉歌

涉江采芙蓉，蘭澤多芳草。
采之欲遺誰？所思在遠道。
還顧望舊鄉，長路漫浩浩。
同心而離居，憂傷以終老。

采芙蓉

是否曾在黎明時分，曉霧迷離中，聆聽芙蓉的合吟之歌？初初開啟的花瓣，布滿絳紅血脈，清揚地，似悲似喜，詠唱著對水鄉最深刻的眷戀。緩緩滾動的露珠，晶瑩如淚。

柳生甫卸下參軍之職，宿醉醒來，大唐長安城也悠悠轉醒，自晨光中。

曲江，及第進士歡筵的榮耀之地，杳無人跡，只芙蓉園迴盪著若有若無的歌。

他勒馬而止，靜對江上的水生花，它有不同的名字：蓮、荷、芙蓉、芙蕖，卻是同樣清麗絕美的容顏。

戀戀不忍離去，馥郁沁人，舒散禁閉已久的感覺，擁抱一池軟玉溫香。

許久，霧已散盡，驕陽將芙蓉照射成透明體。笑聲飄來，柳生怔了怔，芙蓉知解人意，且能笑語？

他睜開眼，江畔柳蔭下，停著一輛金碧雕飾的馬車，車夫立在水中，梳鬟的少女，傍車而立，窗中伸出一截皓腕，手指纖纖如玉，指向江中綻放最好的芙蓉花。

車夫年紀大了，掙扎前行，不能順隨心意。柳生策馬入水，探身，直取那株亭亭，蓮瓣如燄，蓮心似金。

他回轉，先看見少女清俊嬌俏的眉目，而後，珠簾褰動，車窗裡有一朵芙蓉的面容。

多芳草

崔芙蓉替母親祈福，天未亮便趕赴慈恩寺，虔誠地敬上第一炷香。

母親是她在世上最親的人，她在佛前祈求，少病殃，多安康。返家時，央請老車夫繞到曲江，看一看十里荷花的盛景。年輕時的母親，常和夫婿同遊芙蓉園，貪愛賞花，竟至不食不寢。人面花光交相映，父親貪愛那因花醉而酡紅的面頰，他們整個夏季都在這裡流連。第二個夏季，因芙蓉誕生，誤了花期。第三個夏季，父親病逝，辜負了一池蓮荷。

爾後，曲江的春風秋月，與母親再無干涉。

母親仍愛花，院中總養一缸荷，就在窗外，纏綿病榻的母親，坐起可見到荷的風姿，躺著可嗅聞荷的氣息。

然而，究竟不是曲江的荷花。

倘若採摘一株給母親，是不是可以安慰她長久的悲傷？

為著類似偷竊行為的刺激，她們興高采烈，指揮老車夫，脫除鞋襪，捲起褲腳，往水中行去。

那騎駿馬的男子倏忽而至，不避泥沼，涉水而來，衆多蓮荷，如一方大千世界，而他獨攀折了她的那株芙蓉。擎著芙蓉花，向她走過來。

他走過來了，細長而溫柔的眼睛。

他走過來了，飽含著笑意的嘴唇。

他一直走過來，那樣的步伐，如一枚鈐刻，呼喚著遙遠的記憶，而她，用心靈深深地顫動回應。

他把花遞給她，她幾乎就要伸手去接，卻突然雙頰緋紅，低垂眼眸，吩咐使女：

「輕紅！多謝公子。」

返回永崇里，在自家門前下車，驀然見到，男子跨在馬上，神態從容自在，注視著她，微微俯首。

夏季即將結束，芙蓉梳髮，輕紅捧鏡。芙蓉仔細梳理一綹髮絲，她問：

「今日，他又來了嗎？」

「他日日都來。」

「又送妳禮物？妳依然不受？」

「我不受。」

「為什麼？」

「我不為他，我只為妳。不能受他的禮物。」

「輕紅！」芙蓉看著她的眼睛，自幼一起成長，總覺得彼此有一部分是重疊的：「妳是我的知心人。」

「他想求親。」輕紅放下銅鏡，收拾妝奩，停了停，又說：「問妳是否許了人家？」

「我不嫁王家表哥，我要退婚。」

「王公子的親事早訂下的，妳也知道，他是好人。」

「但我現在才知道，不能嫁他，就是不能。輕紅！若嫁他，我不能活。」

欲遣誰

崔夫人扶輕紅起身，靠坐在床上，她問：

「芙蓉教妳來的？」

「是我自己，姑娘不敢驚擾夫人。」

「輕紅！妳為什麼？」

為什麼？為她是我們的最愛，為不忍她受絲毫苦楚，為我們對人世的溫情牽繫，都在她的身上，也為了那一句「知心人」。但，這怎麼說得清？

輕紅於是說起曲江的邂逅，說起二月餘日日痴候在府外的柳生。

夫人一直知道自己嬌養著一株芙蓉，如今，卻不知應該花落誰家？她恐怕好花凋落，她要的是能落地生根。

與王家是有承諾的，又是顯貴了的親人，王郎對芙蓉向來有心，退婚料是不能。

柳生卻是女兒的情事，相遇在曲江呵，漫天蓮荷裡，曾有自己年輕的深情眷戀。三年的鍾愛繾綣，抵償半生冷清寂寞，可以了無遺憾。

沉疴難癒，她知道芙蓉這最珍貴的嬌痴寶愛，終要在閉目以前交託。

她究竟該給她怎樣的人生？

初秋，柳生像平日來到崔府，卻見到輕紅佇立門畔。他翻身下馬，驚而且懼：

「她怎麼樣？」

輕紅笑了。

他從沒見她笑過，一抹輕淺的紅妝，她的笑靨明亮耀人，他有些恍惚。

「我家夫人要見你。」輕紅領他進門，在花廳外，她突然轉身說：

「姑娘名叫芙蓉，她說——你是水。」

溫熱酸楚的情緒劇烈翻湧，他有一刻視線模糊。

在遠道

王家廳堂上，崔夫人聲淚俱下，請王老爺作主，說是王家兒郎不依禮法，欺凌孤兒寡母，搶去了芙蓉，匿在他處。

她哭得那樣悲切哀戚，王家上下信以為真，王老爺又是火爆脾氣，無論兒郎如何申辯，狠狠下手，鞭笞得皮開肉綻，昏厥過去才罷休。

便是離了王家，崔夫人仍哭得肝腸寸斷。芙蓉已遵母命，與柳生完婚，遠遠避居在金城里。儘管仍在長安城，卻相思不能相見。為防王家追討，又想出諉過的計謀，她知道這是不義，但，母親要保護兒女，任何事都做得出來。只是，她清楚地知道，今生想再見芙蓉，怕是不能夠了。

王家漸覺蹊蹺，日夜派人在崔府蹓躂，以為總能尋得蛛絲馬跡。崔夫人與金城里於是絕斷了消息。

柳生有時派小廝往永崇里，只在府外張望，不敢久留，更不敢探問。

那一日，小廝張皇來報，說是崔府掛起白幡。

素車孝服，芙蓉夫婦連夜趕回永崇里，匍匐靈前。

靈堂布置得莊嚴端肅，兩邊燈火，照如白晝，所有的一切都無法遁形，執禮如孝婿的是王郎，而芙蓉哭暈在私奔情人懷裡。

跪在地上焚燒金箔的王郎，慢慢站起身子，火焰在他瞳中跳動。

王家告官裁決，柳生堅稱崔夫人收受聘禮，將芙蓉許配。芙蓉、輕紅的供詞也是如此。關鍵人物已然亡故，死無對證。官府不能定罪，柳生開釋；但芙蓉許配王家在先，判歸王家。王家門第高華，想來不會迎娶這樣一位媳婦，王郎卻說：

「我要娶她。她是我的妻子，沒有人能改變。」

望舊鄉

洞房之夜，燭火高燒，輕紅始終沒有離開。

王郎只是靜靜地褪下衣衫，裸露肌膚上縱橫錯綜的鞭痕。

「為妳受鞭笞，我不怨。」他看著妻子，低啞地說：

「可是，芙蓉，妳不要鞭笞我。」

當他離去，芙蓉心慌地拉住輕紅：「我該如何是好？」

三天後，輕紅遷居別室。

王郎待芙蓉極力溫存，絕口不提往事，只是謹密嚴防，不准芙蓉主僕擅自出府。他被一種恐懼啃噬著，日夜難安。

尤其是蓮荷綻放的夏季，王郎將院中花圃，全挖成水池，栽遍芙蓉。那喚芙蓉的女子，向他道謝。她總是客氣得幾近生疏，而他是她的丈夫呵，他要的不是相敬如賓；是一些親暱，一些溫熱。他真的不知道她心裡在想什麼，她有什麼樣的感覺？

可是，她的態度一逕和順溫馴，除了偶爾怔忡出神，沒有任何異樣。王郎冷眼觀察，三年過去了，她彷彿就打算這樣過一輩子了。他的心逐漸安定。

那一日，崔夫人祭辰，輕紅代芙蓉上墳，返家後直奔芙蓉房，闔上門，猶微喘不止。

芙蓉正刺繡百鳥朝鳳，已完成了九十隻鳥雀，她必須找到一些事，可以打發漫長的一輩子。

「我遇見他了。」

繡針油滑，芙蓉的手汗潮，抽不出，她抬起惶苦傷痛的眼睛，瞬瞬地望著輕紅。

「他一直住在金城里。清明時悄悄看這位陪妳上墳，他說，看起來，這位待妳也是一往情深……」

「他另有婚配了？」芙蓉的聲音緊縮。

「沒有。」

「他為什麼，不離開京城？」她的聲音鬆弛，涵納柔情。

「他說，妳在這裡，他無處可去。」

天下之大，失去她，他竟是無處可去；生命多采，失去他，她也是了無生趣呵。

輕紅看見，三年來不曾哭泣的芙蓉，淚水淌落面頰。

漫浩浩

初雪的早晨，王郎暴怒的吼聲，震懾了王家府邸。一向儒雅溫文的男主人，像被風魔附身，消息飛快傳遞，夫人逃逸，不知去向。

王郎搗毀繡架，砸碎妝台，百鳥朝鳳圖已繡成鳥雀百隻，獨缺彩鳳，鳳鳥掙脫樊籠，凌雲遠逸。而他為她添置的珠翠寶飾，她一點也不肯帶走，全然不留戀稀罕。

家人尋得柴房梯子倚牆而立，但踰牆以後，如此高度，兩個女子如何落地？牆外雪地上，猶見車轍與零亂馬蹄，他們走得並不遠。王郎揣想柳生騎在馬上，接抱踰牆的芙蓉，他的胸腔有著欲裂的尖銳疼痛。

「找她們回來。」他簡短下令。

並且知道，這將是他今生最重要的事。

柳生與芙蓉並沒有離開，因為每道出城的門，都有王家人看守，金城里更不能待，他們找了個靠近城門的小客棧，棲息了一個冬天。

開春時分，輕紅偕同柳家小廝，上街市去看看風頭，這才發現，近城的市集，都張貼著芙蓉繪像。王郎寫下尋妻告示，稱愛妻遭賊竊去，重金懸賞。

畫像雖少了風韻，卻極近似，一筆不苟。輕紅仔細端詳，這樣少見的美麗容顏，竟是芙蓉得不著幸福的原因嗎？

她還要像罪犯一樣，瑟縮躲藏多久呢？

城門就在不遠處，卻可望而不可及。輕紅突然伸出手，猛地揭下告示，圍觀群眾譁然。

「我知道王夫人下落。」她卸下風帽，露出面孔，鎮定地，看著守在城畔的王家人一擁而上。

小廝臉色青白，奔回客棧，說輕紅出賣主人，已隨王家人回去，請公子與夫人速速離城，城畔王家人已撤離，正是好時機……說著說著，忽而了悟，不再言語。

「她是我的親人，我捨不下。」芙蓉斂衽整妝，對柳生說：「你快出城去，愈遠愈好。」

柳生將她扳轉身，從她顫抖的手中取下簪子，輕輕簪妥，執起她的手：

「妳是我的親人，我也捨不下。」

他的眸中有流動的波光，語音凝噎：

「我們去懇求他，請他成全。」

他不肯成全。

輕紅求他，他憤怒地質問：

「我待她不好嗎？我待她不寬厚嗎？她便是不知情，也不感恩嗎？」

他真正想問的是，愛我，有那麼難嗎？

柳生才進王家，就遭拘捕，他並沒有掙動，意態安詳，心中知道，只要有機會，芙蓉仍會來奔。

芙蓉當著衆人的面，陳明柳生絕非竊玉賊，而是自己甘願情奔。

並請求王郎休妻，因為，她已懷有身孕。

長久的靜默，欲窒的緊張，便是王郎當年遭詬陷，百口莫辯，身受箠刑苦楚時，也不曾有這樣慘傷的神色。

一個男人到底能容忍幾次背叛？

但，王郎走向芙蓉，他明確地讓所有人聽見：

「我說過，妳是我的妻子，沒有人能改變。」

而離居

王郎聽見芙蓉並未懷孕的消息，赤著眼蹬開房門，在這以前，他一直不願與她相見。

「妳好……」他顫慄地，森冷地笑：

「妳想懷孕嗎？妳該有我的孩子——」

他像一頭獸，撲向她，那一刻，他不想做人。

然而，金光閃動，她手中握住一把尖利的黃金剪，高高揚起。那是她刺繡時，他的贈與，讓她絞斷七彩繡線。她竟時時隨身攜帶，為的是什麼？防身？或是襲擊？

他因此冷靜下來。她轉動手腕，金剪抵住咽喉，抬起下巴，凝望著他。

「妳是何苦？」他問得軟弱。

剪刀的尖利刺透雪膚，一縷鮮血往下溜，她有些搖晃：

「我已經負了你，不能再負他。」

「為什麼，妳選擇他，而不是我呢？」

「你是肥沃的土地，我卻逐日枯萎死去；因為，我是一株芙蓉，而他，是溫暖的水澤。」

門外，輕紅長跪：

「公子！你鬆手，讓我們走吧！」

你即使禁錮她，卻禁錮不了愛情。

「她，受傷了。」他喘息地。

頹然靠在牆上，流淚。

我也可以是水澤呵，我也可以。給我機會，給我溫柔，讓我變成水澤。

柳生受流刑，放逐江陵縣，距長安城一千七百餘里。

他上路了，往東南行去，漸行漸遠。

芙蓉病得沉重了，輾轉床榻，心似油煎，趕不上了，他走得那樣遠。她偶爾清醒，便對輕紅說：

「他走遠了，妳陪我，趕上他。」

「莫慌。」輕紅安慰她：「我陪妳去，我們趕得上的。」

芙蓉死去的那個夏季，曲江的荷花開得特別癲狂，數里以外都嗅著清鮮香氣。

但，沒有人聽見芙蓉在晨霧中的歌詠。

以終老

王郎策馬趕赴江陵，因為，有人自江陵來，說在一戶柳姓人家，看見芙蓉與輕紅。

他不信。

芙蓉去世不久，輕紅殉主。一是愛妻，一是義婢，喪事全照他的意思，備極哀榮。他在塚畔預留空穴，待來日與妻合葬。芙蓉的墓碑上，鐫著他的姓氏，這一次，她再不能離開。

有人告訴他，看見他的妻子，依舊與柳生在一起。他淡淡一笑，說大概是柳生又邂逅一對麗人，面貌神態宛如芙蓉、輕紅。

如此而已，僅屬巧合。

他說著笑著，更盡一杯酒。卻在酒醒後，兼程趕往江陵。

柳生是在抵達江陵三日後，見到芙蓉和輕紅的。他一直沒有失去再相見的希望，然而，果真相見，又覺恍若一夢。

「妳們，怎麼能來？」

人生意專，必果夙願。

「我已與他訣別，今生今世，與君偕老。」

他歡喜擁她入懷，忽又想起：

「怎麼找得到我？」

「天涯海角，總能找得到。」

室內充滿芙蓉、輕紅的笑語盈盈，他從沒見過她們如此恣情歡樂，過去相守的日子，總有陰影相隨。柳生知道，自此以後芙蓉真的完全屬於他一個人了。

於是，他有了許多以前不敢有的想法，是不是該添個孩子？是不是該替輕紅安排終身？每聽他說這些，她們總是笑，彷彿是荒謬突梯的，他不明白；看見她們笑中不意流露的淒涼酸楚，他更不明白。

隱隱覺得有什麼祕密，她們共守著，獨瞞住了他。

但，她們的快樂，令他不忍；假若她們能快樂得長久些，又有什麼不好呢？

王郎趕到柳宅時，柳生正打算陪伴芙蓉逛廟會。

芙蓉臨軒勻妝，輕紅捧鏡在側，王郎推門而入，室內驟亮，與芙蓉、輕紅打了照面，果真是她們。

他痛噱出聲。便是魂魄，也要背離叛逃，千里之遙。

看見他，輕紅銅鏡脫手，墜落地面。

噹——

音響如磬，直透耳鼓，有一刻，聽不見聲音，也不能思想。

柳生與王郎看見彼此，錯愕的表情，他們同時轉頭，室內並沒有芙蓉或是輕紅，根本就沒有，也許，從來不曾有過。

鉛黃猶存在妝台，銅鏡躺在地上，光影灩灩，照射著空氣中飄飛的塵埃。

——本文取材自唐・傳奇〈華州參軍〉

燕燕于飛

飛燕。

是的，我是漢成帝的趙皇后。

我還記得自己的名字。

我亦無怨悔。

我醒不過來。

在夢與覺的邊緣糾纏，在生與死的關口掙扎。

有人在呼喚我。

燕燕。

誰在喚我？那矯健的身軀，總在山林中奔跑，強壯的臂膀拉弓射鵰，棠色臉孔，燦亮眼眸，最好的獵人，赤鳳。

卿卿。

誰在喚我？只有皇上這樣喚我，給我權勢名位的這個男人，行動沉穩，華麗的龍袍包裹的只是個充滿不安全感的血肉之軀。

娘娘。

誰在喚我？戒慎恐懼，不敢抬頭，那張姣好面容，空靈的眼神，玫瑰花瓣般的唇，專注地吹笙，卻牽動我楚楚柔情的侍郎，無方。

姊姊。

誰在喚我？是我親親的合德妹妹。她美麗如同神仙，狠毒如同魔鬼。而那雪滑晶瑩的肌膚，怯弱婉媚的姿態，教人不能恨，只能愛。

他們喚著我，帶我走吧。不管是誰，都是我痴痴愛戀過的，你們都走了，丟下我一個人，帶我走吧！

跨過水與火，走進地獄的血光，最後的審判逃不了。

我亦不恐懼。

我還記得自己的名字。

飛燕。是的，我是漢成帝的趙皇后。

一

關於我的出世，有不同傳說，說是富貴人家的私生兒；說是出生時太孱弱，被父母棄置溝中等死，偏偏撐了三個晝夜，還有氣息，只得收養長大。

生命的開始，就不肯向命運屈服。

對於母親，我沒有印象，父親是不願受負累的人，先是偶爾回家，後來再不曾出現。我與合德妹妹的相依相守，培養出特別的情感。沒有任何親戚看顧，鄰人輕蔑的神色和話語，是躲不開的。這其間，只有樊表姊時時來探望我們，教我們識字、讀書、女紅、歌舞，我喜歡跳舞，旋轉時的暈眩令我快樂。

合德體弱，不能舞蹈，她一邊刺繡，一邊看我的舞步，要求每個動作務必確實。當我停下，汗水淋漓，她便捧一甌甘冽泉水，看著我含在嘴中，緩緩吞嚥。

樊表姊笑著說：

「妳們姊妹這輩子是分不開了，飛燕天真，合德深細，將來同享富貴榮華，等著看吧。」

合德卻把這話聽進去了。

樊表姊被召入宮做宮人時，合德跪在地上：「我們姊妹的一世，託給樊姊姊了。」

我在一旁看著，被她的虔誠和懇切打動了，不禁挨著她跪下。

「妳們耐著性兒守著，不難出頭的。」樊表姊攙起我們，對我說：「明白嗎？飛燕。」

樊表姊看著我，合德也看著我。一種朦朧的，堅決的情緒湧起來。

我點點頭，許下一個自己也不明白的承諾。

然而，日子並不好過，尤其是冬天。我們偶爾在門口會揀到死去的小動物，大多數的時候，合德做了女紅，我到市集去賣，換點零碎的銀錢，勉強度日。

那一次，在林中揀柴，不小心踩空了，扭傷腳踝。合德不讓我出門，她去市集賣繡品，我在家等著，等得風雪瀰天蓋地，卻見不到她的蹤跡。不行，這樣等下去不是辦法，她是我唯一的親人，若失去她，我便一無所有了。

撐著杖出門，風雪令我舉步維艱，才走了幾步，轟隆一聲，簡陋的茅草房，我們的家，塌倒了。又急又懼，我暈厥過去。

在凍餓中醒來，聽見合德的哭聲，她匍匐抱撫著我，聲聲喚姊姊。

「合德……」我虛弱地。

「姊姊！妳沒死，妳沒死……救命！誰，誰來救救我們！」

合德淒厲絕望的聲音，在風雪中單薄地響著。然而，不會有人來的，我攥住合德的手：

「別管我，天快黑了，妳走……」

「我不走。妳若死了，我不獨活。」

衝著她這句話，我不願放棄，用力掙扎，卻是徒勞無功。突然，撲來一隻黑色的大鳥，像一隻鳳鳥，毛羽輕柔溫暖，覆蓋在我身上，我抬頭，看見一個年輕男子閃亮的眸子。

「別怕。我來幫妳們。」

住在山上的獵人，燕赤鳳，與祖母相依為命，他救了我們，帶我們回到他簡樸舒適的家。

「妳的腳扭傷了，我替妳推拿好嗎？一會兒就好的。」他蹲跪在床畔，謹慎地，柔聲地。

我把腳探出棉被，紫紅腫脹，如此醜陋，我正要縮回去，卻已被他握在掌中，那樣溫暖的手掌。

「有點疼，能忍嗎？」

我點頭。

他仔細地敷上藥酒，而後歎息：

「那天妳一摔，我就該替妳瞧的，耽誤了。」

我心中驚疑，怎麼，他看見我扭傷的？那麼，他也不是偶然經過救了我們；或者，那些在門口出現的動物也是他的救濟？

我咬住棉被，承受著他的手掌加諸在我腳上的陣陣疼痛，淚眼朦朧中，記住他年輕飽滿的面容。

燕奶奶失明多年，握著我和合德的手：

「妳們姊妹倆鶯聲燕語，冰肌玉骨，不是普通人，該是貴人哪。」

「奶奶取笑了，我們只是一對孤苦無依的貧賤姊妹。」我說。

合德與赤鳳一旁微笑著。赤鳳的笑意泛著掩蓋不住的熾烈情感，深深望向我。

「為什麼跟著我？」有一次我問赤鳳。

他那經過日曬風吹的面孔，竟抹上了緋紅：「從沒見過這麼好看的姑娘，起初我以為，遇見了神仙，後來才知道，妳們過得苦……」

「傻子。」我用手指點他的額。

「我是傻子。」他捉住我的手，在唇邊偎了一下，我急急逃開了。

赤鳳的情意像春天，我自覺如同花蕾，在他的氣息中徐徐綻開花瓣，變得鮮豔動人。

在山林裡，我指使他為我捕獵，天上飛的，地上跑的，看他矯捷地奔躍，結實的胸膛一片汗溼。我坐在樹上，搖盪著雙腳，吟唱隨意編出的歌謠：

燕燕于飛，何處可歸？
不願單飛，只願成對。

他喜歡這首歌，說「燕燕」就是燕赤鳳和趙飛燕，並且，開始喚我燕燕。

而我發現自己想跟隨他的意念，如此強烈。我喜歡他帶著鼻音喚燕燕；喜歡他痴痴切切的眼神糾纏著我；喜歡他的髮或肌膚輕輕挨靠著我。

他在山林打獵，我在林中揀柴。他有了獵物，便喚我來看。那一次，我故意隱藏起來，不答他，聽著焦急的呼喚聲在林間迴盪：

燕燕！妳在哪兒？燕燕——

喚聲停止，只聽見風吹過枝葉，他怎麼了？下山去了嗎？不再找尋我了嗎？

我在枝椏中動了動身子，忽然，一隻手臂伸來攫住我，啊！赤鳳！我忘了，他是最好的獵人。

我被他抱著，跨在他的腰上，與他眉眼相對。

「好小的腰。」他的掌環著我的腰肢。

那樣修長的手掌，我的纖小粉紅的手，輕輕覆在他的手上，真切感覺到他的和我的青春，泛濫在春日潮溼的空氣裡。

「燕燕。」他的聲音低啞，彷彿艱辛：

「不要離開我。」

他的暖暖氣息吹在我的耳際，我不禁貼近他的胸膛，他的呼吸與心跳混亂激烈，我感覺到他的男性，他的渴望，如此炙熱燎燒。

我們都不說不動，等待著，事情發生或結束。

久久，當林中再度起風時，他把我放下。一剎那間，我竟有種悵惘的失落感。

「燕燕！嫁我吧。」

強烈的幸福如潮，淹沒了一切。

合德在後院井邊等我，她的雙眼透亮，神色興奮。

「姊姊！時候到了，樊姊姊有信來……」

合德與樊姊有書信來往，我是知道的。

「樊姊姊說什麼？什麼時候到了？」

「咱們出頭的日子。樊姊姊叫妳進陽阿主府第去習歌舞。」

「不。我不去……」

「為什麼？」

「我，我要和赤鳳在一起。」

「我們要報答他，有很多方法，將來，妳大富大貴了……」

「不是的，妳不明白，我，喜歡他。」

合德睜大了眼睛看著我，她不相信我會說這樣的話。

「妳在山裡住糊塗了。他只是個貧賤的窮獵人，一輩子都是！妳是人間少有的絕色，妳聰慧有才藝，妳甘心一輩子在這裡捱苦日子嗎？」

她把我拉到井邊，讓我看水中的倒影：

「看看妳自己，粗布破衣，蓬首垢面，妳要跟一個獵人，一生一世過這樣的日子？我們吃過的苦，受過的屈辱，全都白費了？」

我看見井中的自己，那是我嗎？因為赤鳳，讓我忘記了輕賤與貧窮，但，我不該永遠過這種日子，我應該有機會的。

我是如此年輕而美麗。

我打出井水，仔細地把臉洗乾淨，看著水中煥然一新的面孔，我相信，我應該得到更多。

「姊姊。」

「妳跟樊姊姊說，我聽她的安排。」

「哦，姊姊。」

合德擁抱住我，豐若有餘，柔若無骨，如此令人迷醉的胴體。

我也擁抱她，像抱住一個更精緻、更深沉、更陰暗的自己。

陪著赤鳳在市集賣了兔和羌，看他一分一錢地與人計較，興致昂揚，而我深覺悲哀。我不要這種瑣碎的生活，我必須捨了他，捨了自己最初的純摯情愛。

我要求他陪我逛逛街市，他開心地為我買了綵頭繩，他並不知道，我的髮即將梳成髻，插上雲母簪、金步搖、紫玉釵，再用不著綵頭繩。

我在大街上站定，陽阿主府邸就在街底，我看著赤鳳開朗健康的面龐，在陽光下充滿活力。

「赤鳳！我要走了。」

我告訴他，要進陽阿主家的決定。

「妳哄我的，燕燕！妳說要和我在一起。」

他顫抖著，他知道我是認真的，他知道事情已無法挽回。

「我以後，會報答你的恩情的。」

「我不要妳報答！我不要失去妳——」

「你會找到一個好姑娘的，你是個神射手，你什麼都獵得到。」

「我獵到妳了，妳是我的，我就是死也不放妳走。」

他的執拗，點燃了眼瞳中的火焰。我盯著他看，看他的決心，我的決心，到底誰的決心更強？

我從他的箭袋抽出一支箭，塞進他冰冷的手，用力咬咬唇，對他說：

「我要走了。你若射中我，我就留下。」

他低下頭，看著手中的箭，我決絕地轉身，一步步走開。

射吧，射吧。我辜負了你的深情，射傷了我，射死了我，我便是你的。

他的情感如此濃烈，怎能忍受我的離開？我想像著他拉滿弓，瞄準，手指鬆開，鋒利的箭穿過空氣，刺透我的肌膚，刺穿我的心臟，就像射中正在飛翔的鳥雀，尖銳的疼痛、麻痺，一切都靜止。

他究竟射不射？

府邸大門打開了，樊姊一身鮮麗華服，笑盈盈出現，我的未來的，富貴榮華的一生。

我的腳步加快，終於奔跑起來，帶著一種驚悸的情緒，不要，我不要死。我有我的夢想，我有繁華歡愉的人生，我不要死。

赤鳳！我不要死——不要射！你放我走。

我一直跑進府邸，沉重的大門在身後掩閉，腿一軟，我跪倒在地上，不能遏止地哭起來。哭那已死的昨日。

淚光迷離中，我看見紅柱綠瓦，雕樑畫棟。

二

赤鳳那支箭沒有射出，他終究不忍傷我。當我登上母儀天下的皇后寶座，他是慶幸？或是懊悔呢？

果然如樊姊所預料，我在陽阿主府邸中見到了孝成皇帝。當他進入跳舞廳時，我正在健碩舞伴的掌中迴旋，我知道其他人都跪伏在地，只有我停不住地旋轉，髮辮飛揚如鞭，旋轉著，像一朵漣漪。

我要他看見我，真正看見。

當我終於耗盡氣力而俯倒，環抱住我的不是舞伴，而是皇上。

「舞得妙。這樣的纖腰怎禁得住？怕不要折了吧？」

我喘息著，低垂頭，輕輕道：

「為皇上折了腰，也甘願。」

他笑了，環著我的手臂緊了緊，眼裡有讚賞的光采。

雖然他是一國之君，卻也是個男人。我知道怎麼對男人說話，在陽阿主府邸的日子，我學的不只是歌舞修飾而已，我很知道呵。

他在當天夜裡召幸我，然而，我卻沒有順從，他很驚訝，卻不憤怒。

「妾，惶恐，妾未解人事，不知所措。」我跪在地上，微微顫抖，說得如此懇切，自己幾乎都要相信了。

「可憐的飛燕，別怕。」他拉我進他的懷抱。

這是個好性情的男人，他的溫和的眼睛教人安心，而他巨大的權勢又令人擔心。

為了我，他破天荒在陽阿主府邸停留了三天，這下流言耳語應該傳遍了吧？說皇上為了飛燕廢早朝，不回宮。而我不能再試他的耐心，第三天夜裡，我嬌怯地承受了他的愛，在痛楚的哭泣中，他彷彿也受到了極大的撼動，顫慄地擁緊我：

「哦，卿卿，我的卿卿……」

那夜，我們都不能成眠，他顛顛倒倒說了些傻話，我則止不住地落淚，伏在他身上，俯看著他，這是我的丈夫，也是皇上。他有好多其他的女人，但，從來沒有女人推拒過他，讓他等待，只有我。那麼，我能不能只讓他愛我一個人？寵我一個人？

黎明前，他必須回宮上朝，卻捨不下我的溫軟芳香，我們在床榻熱戀纏綿，翻滾糾結。

「只怕皇上回了宮，便忘了我。」

「卿卿！我捨不下妳。」

他抬起我的下巴，在我的頸上，深深地吻，而後噬咬，我縮起身子，因疼痛而生汗呻吟。

「這是我留給妳的印記。」他的雙眼潮潤，滿是疼惜。

我是帶著齒痕進宮的，皇上沒讓我久等，連三天都沒有。進宮前我的卑微身分也曾引人議論，皇上力保，他說起承歡之時，三日不能交接，如此自尊自貴，是難得禮義閨秀。

我聽說了，忍不住微笑。從今以後，再沒有人能夠因為我的出身而輕視我。

宮中明爭暗鬪，我早有準備，卻不料方才入宮不久，許皇后便被廢，打入冷宮；班婕妤為避是非，求供養太后於長信宮。出乎意料之外地順利，我款款地，優雅地在昭陽宮封后。

許皇后和班婕妤都以賢慧見長，平時對皇上頗多勸諫，卻落得怎樣的下場？我知道皇上要的不是一個諫臣，而是個知情知趣的女人。

我們用黃金紅、藍田璧、明珠、翠羽裝飾昭陽宮，夜夜垂下紫茸雲氣帳，焚起紫金被褥香爐，皇上攬住我，他的臉埋在我披瀉的濃密髮絲裡，入睡。有時我翻身下床，他會驚醒，惶然呼喚：卿卿。

「我在這兒呢。」我貼近他，這個全天下最有權勢的男人，如此全心全意依賴著我。

皇帝上朝時，我在宮中演練歌舞，指揮樂師的是侍郎馮無方，他的容貌秀逸，態度謙順，笙吹得極好。當我獨自舞蹈，他總目不轉睛地凝視，他是宮中唯一懂得我的舞蹈的人；我是不是唯一懂得他的音樂的人呢？

他永遠謹守分寸，絕不逾矩，總是保持遠遠的距離。

娘娘！臣不敢。

娘娘！臣告退。

啊。我是皇后娘娘，孝成皇帝獨一無二的女人。

在日日笙歌歡笑的歲月中，我竟然忘記，只要是宮中的女人，都逃不了的噩夢，只是，我的噩夢更險惡些，因為，對手是我親愛的合德妹妹。

樊姊早把合德的生活安排好了，遵聖旨建了省親別墅給她住，也是金璧玉階的華貴所在。我曾求皇上為她配一門好親事，皇上說他擱在心上呢，而後又問：

「卻不知合德是個什麼模樣？」

「皇上猜呢？」

我不能答，也不敢答。

皇上笑了，親暱地環抱我的腰：

「怕不能比妳更美了。我不信這世上還有比妳生得好的？」

可是，當時皇城裡已經傳唱著：

飛燕有妹字合德，
合德美豔猶勝姊。

皇上有幾天沒到昭陽宮來，樊姊來了，欲言又止，我的原本焦躁的情緒更不安了。

「皇上，見到合德了。」

轟地一聲，我的腦中昏了昏，猷猷地問：

「怎麼會？」

原來皇上聽聞了合德之美，召見合德，果然驚為天人。

「他，留下合德了？」

「不。合德說若沒有貴人姊姊詔，寧死也不能侍奉皇上。」

什麼？她竟會這麼說，是誰教她說的？誰教她做的？說的、做的完美無瑕，分明就是要讓皇上傾心。

「娘娘不如詔合德入宮，仿娥皇、女英同侍聖主。」

不！

我已給了她榮華富貴，她還要什麼？

「娘娘，妳仔細想想，居正宮以來，並無子嗣，後宮虎視眈眈，假若合德入宮，姊妹同心……」

「不！我說不！」

怎麼能，怎麼能同心呢？我才是皇上最寵幸的女人，我不能容許任何人的搶奪，即使是同胞骨血，也不能。

「請娘娘三思，告退了。」

「樊姊。」我勉力撐起身子：「妳看見合德了？她如今出落得，比我更美了，是不是？」

「合德深心，知進退。」樊姊從容不迫地：「若能進宮，必保娘娘。」

這是，這是怎麼一回事？我不但要和另一個女人分享丈夫的愛，還要靠她保我？

皇上在太液池召宴時，我的宿醉猶未醒來，換上南越進貢的雲英紫裙碧瓊輕綃，翩翩寬袖，迎風而舞。皇上沒有絲毫責怪，也不提合德的事，指給我看，用沙棠木做成的巨舟，裝飾得美輪美奐，船上樂工舞伎、琉璃屏風，各式珍饈，令人目不暇給。

「喜歡嗎？」他扶我上船。

我點頭。

「只要妳喜歡，妳要什麼，朕都能辦到。」

這話是別有所指吧。我的心一下子暗沉下來。馮無方也在座，我看見他憂傷的眼神，像有許多話要說，大家都知道了吧？他們怎麼看我呢？暗中慶幸？或者同情？

我不要同情，我曾有過的恩寵無人可及，我不需要憐憫。

起風了。

悠揚的樂音中，我忍不住起舞，風中的迴旋有些不能自主，風好大，牽引著我的衣袖，將我掀向天，啊！隨風而去，去吧！去吧！人間還有什麼可以留戀的？

風更大了，掀翻了船上的擺設，人們也紛紛彎下身子，在一片混亂中，我凌空飛起。

卿卿！

皇上大喊，他伸出手，沒抓住我。

無方！為我持后——

無方拋下笙，奮力一抱，抱摟住我的腳。踢開他，我是不是就能像嫦娥，衝破九重天？不要阻攔，讓我去！

無方！不可鬆手，不可鬆手——

皇上倉皇的聲音，像是一種祈求。

無方，你總也不肯靠近我的，此刻拚命一抱。我回頭，竟看見，無方，他眼中有淚。

娘娘。注視著我，他切切地喚。

我的心，惻惻地酸楚了，彎下身，俯在他肩上，風，漸漸停止，宮女爭著上前，扶我落地，還沒站穩，皇上便緊緊地摟抱住我。

我的淚，無聲地落下來：

「皇上既然喜新厭舊，為何還要留我？」

「朕喜新，卻不厭舊，只要朕活著，妳永遠是正宮皇后。」

這已是他能給我的，最寬厚的恩寵了。

既然逃不掉，只能面對。我到底親自下詔，詔合德即日入宮。合德承恩那夜，我刻意開了筵席，求得一醉。

皇上，他正痴痴看著她嗎？他熱熱地吻著她嗎？他溫柔地撫著她嗎？

我醉倒在雲氣帳裡，鴛鴦萬金褥上，淒涼孤寂的長夜，才正開始。

半夜醒來，忽然想起赤鳳，只有他的那份情，才是完整的，無可取代的吧？如果一切從頭再來，我會怎麼選擇？我被自己難住了。留在山中，成一個村婦，生一窩孩子，吃不飽也餓不死，迅速地憔悴蒼老？可是，我會擁有赤鳳永遠不變的情愛，也許我要的，只是這個。

我緩緩踱到殿上，往簾畔走去。

「天涼了，請娘娘添衣。」

在我身後跪下的，竟然是無方。

「你怎麼還不回去？」

「娘娘席上吩咐，無方不准退。」

「我是醉了，怎麼能認真？你不回去，妻子要懸心了。」

他的頭抬起來，清亮的黑瞳閃了閃：

「臣，沒有成親。」

我的心，莫名地動了動，命他起身答話。難道，宮中傳說他有隱疾，是真的？

「為什麼不成親？」

「臣，身罹痼疾，福薄短命，不能成親。」

「什麼，病？」

「心絞痛，已死過兩回，大夫說，過不了二十五。」

「你今年幾歲？」

「臣，二十四了。」

「蒼天，無理！」

「娘娘莫怨天，臣如此福薄，得以侍候娘娘，死亦無怨。」

「無方。」我的手放在他涼涼的面頰上：「你好傻。」

「臣，罪該萬死。」

「不！你不該死，我不准你死，你死了，誰跟我作伴呢？是你留我在人世的……」

一顆星，懸在宮殿的飛簷上，銀白色的月光籠罩，我和他的話語，像水滴，深深地落入滴漏，清晰地，卻又恍然若夢。

合德，第二天早上到昭陽殿拜見我，雖然心中已有準備，我仍被她的美豔和丰儀震懾，兩年不見，她還是風雪中抱著我哭的親妹妹嗎？

娘娘！極恭謹地，她跪著，低首斂眉。

如果，天注定我必須和另一個女人分享皇上的恩寵，也許，我的妹妹是最好的選擇。我扶她起來：

「我是妳姊姊，叫我姊姊。」

「姊姊。」她的眼睛一下子充滿了淚：

「我好想妳。」

合德說她只想進宮與我為伴，日日可以相見，若不是貴人姊姊親詔，她便死也不入宮，我的心軟了，仍是我親親的妹妹呵。樊姊姊說過，我們姊妹這輩子是分不開了，合該同享富貴榮華。

三

合德被封為昭儀，皇上為她建了少嬪館，館中有露華殿、含風殿，還有曲徑通幽的浴蘭室，煙霧繚繞中，皇上在此私賂侍兒，偷窺昭儀出浴，心醉神馳，而昭儀發覺，立即命人熄燭。

我在浴室偏置燈燭，以五蘊七香湯沐浴，恭請皇上同浴，他卻神不守舍，匆匆而去。

我知道，愛在昭儀一身，我只是失寵的皇后，昭陽宮就是冷宮了。

夜夜，我命人把宮殿裝點得宛如白晝，笙樂歌舞，因為，我不要孤獨地度過淒涼的黑夜。

人們說皇上迷戀昭儀的體膚氣息，喚她作溫柔鄉，並且宣稱：「願老死於此，不羨神仙。」說皇上為窺昭儀浴，私賂侍婢已費萬金，皇上說昭儀浴溫泉，「若三尺寒泉浸明玉」。傳說皇上於床笫之間，求持昭儀足，則壯發情暢，而昭儀轉側，不讓他盡興。「若即若離，才能令皇上留戀不捨。」昭儀說。

我說，好，好個聰慧深細的昭儀，合德妹妹！無方！咱們為昭儀乾一盃！喝呀！難道連你也不願陪我喝？我是皇后娘娘啊！

娘娘！多保重。

無方！你不懂，你懂得音樂、舞蹈、詩詞歌賦，但你不懂我，你不懂我是一個女人，你不懂我心裡的苦。我的心像油煎，像火燒，好燙好痛，你摸摸看，你摸摸……

娘娘醉了。我喚人來侍候娘娘……

不要！我不要別人，我只要你侍候我，你不要逃避，我都不怕，你怕什麼？

娘娘！無方……不能報答……

無方。你怎麼了？你的臉色好蒼白，你要，你要說什麼？無方——來人！來人哪！

無方心症突發，猝死在我面前。

也許是我讓他幾個晝夜吹笙太操勞；也許是我讓他喝了太多酒；也許是我害死了他。

當他嗞氣，我並沒有哭，只是俯身，輕輕用唇觸了觸他仍溫暖柔軟如花瓣的唇，這是我們最親近的一次。

他的性靈與純淨，伴我在宮殿木板地上長坐，說著笑著，直到天明。除了我，他的心中再沒有第二個女人，無方。他彷彿是為我而生的，這個永遠青春美麗的，恒久的情人。

我的生命沉寂了，像深秋一般蕭瑟。合德來看了我幾回，有一次忽然問：

「姊。還記得赤鳳嗎？」

我怔了怔，忍不住微笑了。合德把我的微笑看進眼裡，也記在心裡。

當赤鳳以昭陽宮侍衛長的身分跪在面前，我真不敢置信。

他更壯碩俊逸了，寬闊的肩，挺直的腰，神采飛揚，雙眸依舊灼爍。

「赤鳳。」我上前扶他，不流露情緒地：

「別來無恙。」

他迅捷地反扣住我的手腕，匆匆一緊，旋即鬆開，啊，他真的是我遇見過最強壯熱烈的男人。

他仍是最好的獵人，宮外飛雪翩翻，寢房內火爐旺旺地燃燒，像是我們初遇的那年冬天，像是要償還欠他的那份情，我變成野獸，與他糾纏廝鬪，至死不休。他的喘息，我的囈語，從床榻翻滾下地，直到我不能支撐，開始哭出聲。他雙手捧住我的臉，撫慰地：

「噓，燕燕，好了，沒事……燕燕……」

我停下來，任由他引領著攀升到令人顫慄的，歡愉的巔峰。

燕燕于飛，何處可歸？不願單飛，只願成對。

是赤鳳，當我是少女時，他開啟了我對情愛朦朧的認識；當我成為女人，他把我帶到一種不曾經驗過的境界。而與他的重逢，完全出自合德的安排，她到底是我貼心的好妹妹。

「奶奶去世前，還囑咐我，不要再與妳們姊妹牽扯，她總擔心我會為妳們喪命。」

「你不怕嗎？」我把腳伸進他溫暖的懷抱。

「我已死過一次了，那年送妳進陽阿主府邸，我便死去了一次。」

「那時，你為何不射我？」

「我想，只要妳活著，我們總可以再見。」

少嬪館的宮人匍匐來報，說昭儀出事了，趕往少嬪館去的路上，我才記起，皇上與合德，那令我痛苦卻不能怨恨的兩個人。

皇上寵幸許美人有孕，並且誕育皇子，昭儀得知消息，絕食撞柱，尋死覓活，皇上百般勸慰，也已絕食一日。

當我進入內室時，合德正在樊姊懷中，披散頭髮，額頭破裂出血，憔悴狼狽，令人心驚。

「姊姊。」她撲進我懷裡，放聲慟哭：「我們一齊去死吧！」

「卿卿。」皇上挨到我身邊，他的面色青黃，眼圈發黑，從未見過的萎頓脆弱，像生了重病：「妳替朕勸勸她，千萬不要做傻事，她要怎樣朕都依從……」

我看著合德，她真的是完完全全掌握住這個男人了。

「騙子！」合德嘶吼著，狀似瘋狂：「我再也不要見你，讓我死——」

她真的瘋了嗎？她這樣忤逆，是要滿門抄斬的呀！我嚇出一身汗，忙去摀她的嘴。

「不礙事！讓她說，是朕不好，朕傷了她的心……合德，妳先喝點湯，再說，好不好？」

侍者捧來參湯，我盛了一杓餵她，她轉過頭去。皇上連忙上前，親自接過杓子，微顫的手，溫柔地湊到合德唇邊：

「妳的嘴都乾裂了，乖，潤潤喉……」

合德就著杓子喝了一口，睜開眼怨恨至極地看著皇上，猛地，一口參湯噴了他一頭一臉，而後，跪在地上：

「合德求皇上賜死，皇上毀約背情，合德再無生趣。」

所有人都伏跪在地，不敢出聲。

靜，靜得像死亡。

那男人爆裂開的悲泣哭聲傳出時，沒有人相信，那是萬民仰望的皇帝。

「妳要我怎麼做？妳要我怎麼做？」

「我只要皇上一句話。」合德冷靜清晰地問：

「皇上曾說，除了昭陽殿便是少嬪館，再無寵幸，此話當真？」

「是真的。」

「既然如此。」合德在樊姊抱扶中起身：

「許美人必因奸有孕，穢亂宮廷，有辱聖體。」

她走到我面前停下：

「整飭六宮，端賴皇后娘娘，請娘娘下旨，誅殺許氏母子二人，以儆效尤。」

我驚惶地望向皇上，皇上用力喘息著，調過頭去。

「姊姊……」合德逼近，一點也不昏亂悲悽，她非常的清楚明白。

而我僵住了，張開口也發不出聲，像被什麼東西鯁住了喉，只能吸氣。

「皇上以為如何？」她又轉身去逼皇上，那個不能自主的男人已宛如嬰孩。

「皇后，擬旨吧。」皇上說。

宮牆外，童謠紛紛傳唱：

燕飛來，啄皇孫。

皇孫死，燕啄矢。

為什麼要我下旨？為什麼要將我牽涉進來？

「我這樣做，都為了妳。這麼一來，皇后娘娘的寶座，就可以高枕無憂了。」

親愛的合德妹妹如是說，她吐氣如蘭，婉媚似仙。

皇上不知怎麼聽說了我和赤鳳的事，卻因為沒有實據，到昭陽宮鬧過一場，只得作罷。我決定讓赤鳳暫時出宮，避一陣子。他什麼話也不說，將我按倒在妝台，他的狂暴的愛，令我暈眩，也令我快樂。

赤鳳不在的日子，黑夜難耐，白晝寂寥。我知曉皇上近來正服藥調陰弱，不去少嬪館，便在一個午睡初醒的夏日，往合德那裡去。有意不著人通報，我孤身一人，往內室走去，房門緊閉，隱隱聽見呢喃話語。

我推開門，於是看見，合德髮髻垂落，雙頰桃紅，赤裸雙腿跨在一個男人的腰上。那男人的頭埋在合德胸前，他肌肉賁起的胳臂，繫著五綵頭繩，正是我打的同心花結。這男人竟然是，赤鳳！

他們一齊轉頭看我。

我原本以為失去皇上的寵幸信任，還有赤鳳。我原本以為自己最初的情事，完美無瑕。然而，他們背叛了我，赤鳳與合德。

「妳進陽阿主府邸，赤鳳痛不欲生，是合德安慰他，他們兩人也就有情了。」

樊姊試著勸慰，可是，我無法接受，他們把我的心撕裂了，再縫不合。

「我不能原諒他們。」

我想報復，雖然還不知道該怎麼做。

「娘娘！千萬別為了赤鳳，壞了大事，不值的。」

我看著她，冷冷地笑。

一切都是計謀，教我捨了赤鳳入宮，合德占了赤鳳的心；然後藉著我入宮，合德才能入宮，奪了皇上的寵，我的一生，都讓人算計了。我絕不能善罷甘休。

昭儀前來獻禮，這一回又玩什麼花樣呢？合德穿一襲素色罩衫，晶瑩華美，獻上一個錦匣。

「這是什麼？」

「人頭。」

「人頭？」

「是仇人的頭。」

左右開匣，竟是，是赤鳳！我張開嘴，失去了聲音。

「壞我姊妹情分的，便是仇人。若非他的血，不能消姊姊的恨；若非他的血，不能明我的心。姊姊！赤鳳非死不可。」

「妳，好狠毒。」

我的淚忽然湧上來。

「多少人忌恨我們姊妹，我們不能彼此保全，難道還要自殺自殘嗎？為了妳，我什麼都能做，妳明白嗎？」

「可是，赤鳳……無罪……」

「那許氏母子有什麼罪？姊姊！該死的人不一定有罪，有罪的不一定該死啊。」

「可是……」

「忘了赤鳳。好好做皇后，一人之下，萬萬人之上，這才是真的，其他的都是假的。妳要挽回皇上的心，我會幫妳。」

合德設宴，邀我和皇上共飲，席間只有我悶悶不樂，皇上終於問：

「皇后為何愁眉不展？」

「飛燕頸上齒痕仍隱隱作疼，卻久不蒙皇上垂愛，想來不免傷悲。」

皇上湊近，看見頸上隱約齒痕，他的手指停在痕上，而舊日歡愛扣動他的心了，注視著我的眼光，有了溫存。

而後，皇上常在大慶殿輪流召幸我和合德，有時，甚至姊妹同召。然而，他的體力大不如昔，必須靠方士進貢的丸藥，才能行幸。

吃過春酒那天夜晚，皇上興致很好，取出一只冰瓷小瓶，說裡面有十粒丹丸，待會兒吃一粒。

我們都喝多了，先是合德餵皇上吃一粒，後來，我又餵了一粒。我們鬧著笑著，皇上一粒一粒向我們討丹丸吃，而後，他不能遏止地在我和合德身上爬來爬去，我先翻滾下床，整夜聽見他吃吃地笑，聽見合德銷魂的呻吟。

我睡了一陣，被合德搖醒，她赤著腳，臉色慘白，抖瑟地拿著冰瓷小瓶：

「我們餵他吃了一瓶。」

我在燈下，看見皇上睡在床榻，面容紫紅，闔著眼，痛苦地抽搐，血水不斷從下邊湧出來。

「啊！」我呼喊：「傳御醫！快傳——」

「姊姊！妳先走，妳回宮去。」

「那妳……」

「我與他同命，他若有命，必保我，他若無命，我以身殉！妳走！」

我逃回昭陽宮，正是三更天。

也許，只是一場夢，我閉上眼，嗅著春夜清鮮的花香，睡醒之後，什麼事都沒有了。

合德緩緩走過來，我翻身下床，拉住她：

「我做了個好可怕的夢。」

「沒事了，姊姊，我先走了。」

她的妝扮如此清雅素淨，她的眼神如此純稚，一點也不像殺了那麼多人的。

「我殺了他們。」她坦然微笑：「我要保護妳，保護自己。我求得了這樣的權勢名位，富貴榮華，我要的就是這樣的日子。我無怨無悔！」

我在喪鐘聲中驚醒，孝成皇帝五更駕崩。

我跳起來，要去找我的合德妹妹，不能讓她一個人背負，我也有罪。

該死的人不一定有罪，有罪的不一定該死。每一樁罪行，我的手上都沾著血跡啊。

昭儀自縊身亡。

宮人來報。

我還記得自己的名字。

飛燕。是的，我是漢成帝的趙皇后。

我亦無怨悔。

——取材自《飛燕外傳》〈趙后遺事〉

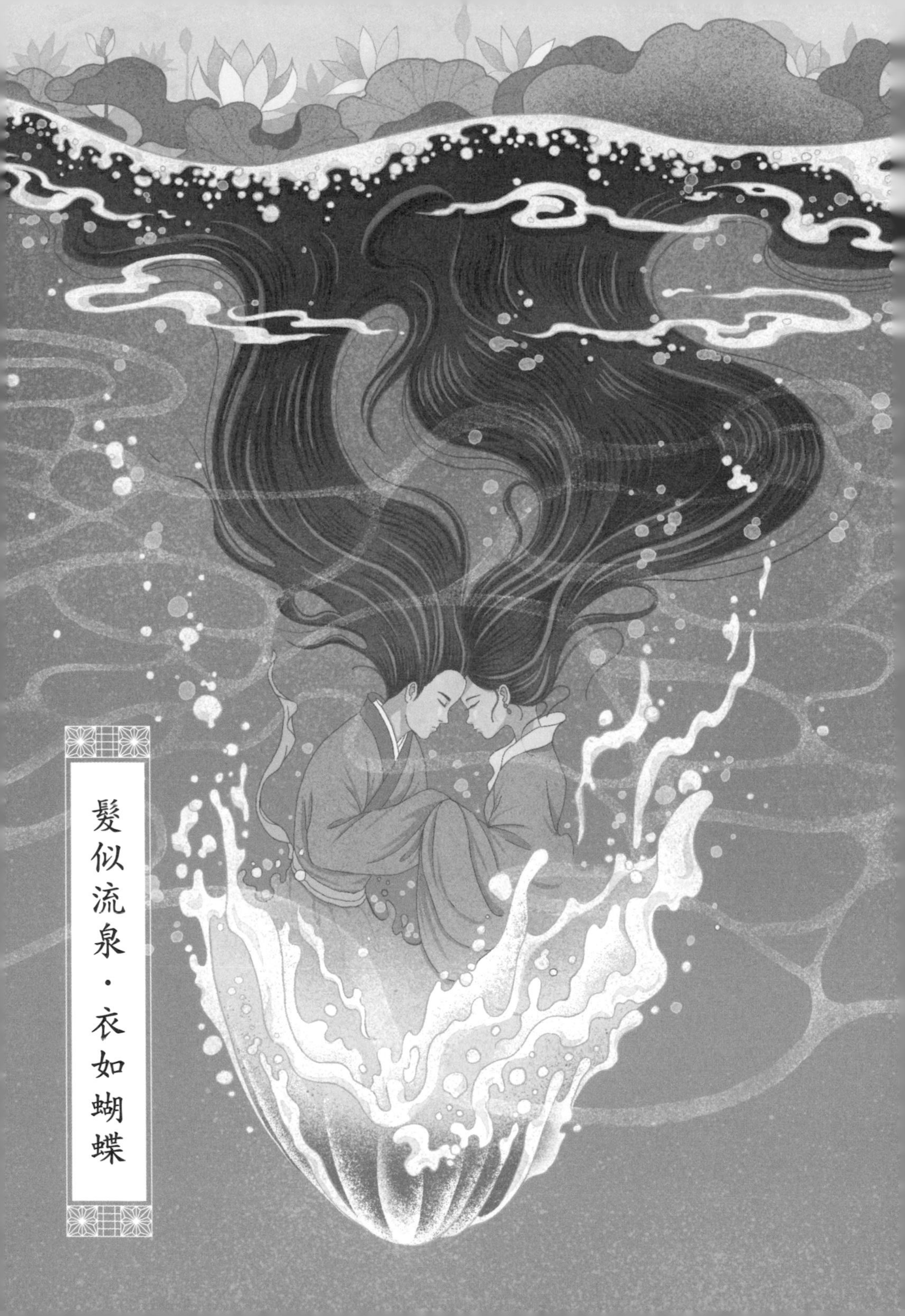
髮似流泉・衣如蝴蝶

有些人短促的一生，
只為履踐一場死亡的盟約。
無悔無懼。

素面相見

他總不能忘記初次相見的情景。

他大踏步闖進閣樓，那裡躺著病重的兄長，大夫說樓上陽光充足，對病體有益，然而大哥憔悴枯槁；從小便說兄弟相尅，因此，他一直寄養在姥姥家，然而大哥仍躲不過病魔的摧折。

「大哥！」

比他大五歲的兄長霍然坐起，欣喜莫名：

「二郎。你回來了！」

「我昨日便回來了，他們不讓我來，可是，我牽掛你，今天非來不可。」

「好。」大郎點頭，捏了捏二郎的臂膀，笑著說：

「又健壯了些，長大了。」

笑意之中卻帶著些酸楚，兄弟二人聚少離多，全是算命的一句話，偏偏自己的身子不爭氣，像是拚盡了氣力，附和著命運。

二郎伸手碰觸大郎，心中猛地一驚，鬆塌瘠瘦，兄長竟然病弱至斯。

「我不像人了，倒像鬼。是不是？」

二郎岌岌欲言，卻被哽住了。

有個清脆甜潤的聲音插了進來，帶著笑與埋怨：

「誰說大哥不像人呢？這兩天不是好多了？」

隨著話語，那女子亭亭地走進來，長長的髮辮，素白的容顏，小小的腰肢。

看見二郎時，她的面頰微微緋紅，顯出少女的羞澀，忙把眼光轉向大郎。

大郎看見她，溫柔地笑了。

「二郎，這是翩翩。」連他的聲音，也不自覺地沉厚了。

原來，就是她。

大郎上個月病得凶險，為了沖喜，匆匆討了房媳婦，門當戶對的不願結親，窮鄉僻壤的又怕結了姻親後患無窮，翩翩是個孤兒，由舅家撫養長大，說是結親，其實是賣進了富貴人家，從此銀貨兩訖，永無瓜葛。

「嫂嫂。」

二郎俯首，端端正正地喚。

翩翩頭垂得更低，有些不知所措。

「別叫嫂嫂，就叫翩翩吧。」

大郎說著，意味深長地。

「吃藥吧。」翩翩捧著藥盅坐在床畔。大郎就著她的手，慢慢地喝。只要溢出一點，她便停下，用手絹仔細拭淨。

二郎看著，一種全新的經驗，翩翩看起來有些天真，有些悒鬱；有些鄉野，又有些空靈，完全不同於姥姥家受閨閣教養的表姊妹。

「翩翩的名字真美，是不是？」

「是啊。」二郎由衷地說。

「是我爹取的名，我出生時是春天。爹爹是個教書先生……」說著，突然停住，想起了什麼似的：

「方才在園子裡，看見花都開了，我去採些給你，好不好？」

臨出門，她對二郎說：

「你坐坐。」

而後，兩兄弟都聽見走在木梯上輕快的腳步聲。

「她還是個好好的女孩子，我不曾耽誤她，所以，不讓你叫她嫂嫂。你明白嗎？」

「明白了。」

「將來，我是說，以後，希望她能找到個好歸宿。」

「大哥……」

「扶我起來，在窗前站站。」

閣樓的窗開了，正對著姹紫嫣紅的花園，東風拂過，穿梭花徑的翩翩，衣袖翻飛。

「你瞧！真美啊！」

「是啊！花都開了。」

「不！我是說翩翩。她是我的蝴蝶，因為她，我才看見了生命的春天。」

大郎轉頭看著二郎，凸起的顴骨灼紅，喘息地：

「我捨不得死呀！我真的捨不得——」

整個天幕都被這樣垂死的掙扎燒紅了。

然而，大郎沒能熬過那個月。

翩翩褪盡顏色，成為一隻白色的蝴蝶。

靈堂上，翩翩沒有哭，卻昏厥了好幾回。親戚長輩都很滿意，翩翩便以大少奶奶、未亡人的身分，在府中住下了。

二郎也從姥姥家搬了回來。

現在，二郎是杜家的獨子了，曾經錯失的天倫之愛，加倍地得到償還。然而，成長之中的空白，其實是無法彌補的。

二郎在自己的家裡住著，卻總覺得是個外人。

他於是常常想起那個叫做翩翩的孤兒，那個原本應該是嫂嫂的寡婦。

那夜，在後花園的假山旁，他看見隱隱火光，然後，他看見在燒東西的翩翩。

「燒什麼呢？」他蹲在她身邊。

「蝴蝶。我給他摺了一些蝴蝶，他喜歡蝴蝶。」

「他喜歡妳。翩翩姐。」他忽然忍不住說了。

翩翩抬頭看著他，她的天真已被貞靜所取代。

「我常想，是不是自己做得不夠好，為什麼留不住他？」

「我不應該回來，算命的早說過的，如果我不回來看他，他還活著，你們可以好好過日子，他就不會死……」

他想起大郎恐懼而不甘的眼神，那令他崩潰，不能自持。

「不是你！二郎！不要這樣說……」

翩翩握住二郎的手，而後急急放開，雖然他比她小兩歲，但，那不是孩子的手呵。那絕不是，那是一雙男人的手。

火，熄滅了。空氣突然變得清冷。

翩翩站起身子，二郎這才辨識清楚，她的臉上，沒有一點粉飾，疏淡的眉，明亮的眼，正盛的青春。

然而，她的一生，便要鎖縛給這座庭園了嗎？

這座華麗的庭園，華麗得多麼荒涼啊！

看著款款離去的翩翩，二郎忍不住出聲喚：

「翩翩。」

這一回，他喚的是翩翩，不是嫂嫂或是姐姐。

翩翩停住，回頭看他，而他並無話可說，只是站著，在小徑的這一頭與另一頭。

黑髮如同流泉

二郎每日總要去閣樓坐坐，看翩翩支使丫鬟灑掃焚香，或是繡花寫字，即使再倉促，也要喝一盞茶才走。

府中的人都當他們叔嫂二人投緣，丫鬟每天開心地傳報：「二爺來喝茶了。」

二郎把寄居姥姥家的事當成故事，說給她們聽。偶爾能逗引翩翩訴說自己的故事，卻是憂苦多於歡樂，每次都令二郎惻惻淒楚。

坐在一塊聊天，有時候丫鬟走開，只剩二郎與翩翩，氣氛突然繃緊了，兩個人對望著，不知說什麼才好。

「翩翩。」

他喚了她，而後，仍是想不起要說什麼。

「喝茶吧。」

翩翩的嘴角噙著一朵笑。

他啜著茶，看翩翩面頰上漸漸升起的紅暈，也微笑了。

當翩翩凭窗而立，看著二郎的背影穿過花徑，總覺得自己的一部分脫出了形體，輕巧地攀附著他，隨著他的走動，微微喘息。

而後，她被自己的感覺嚇慌了，用力關上窗，瑟縮在床上，聽著猛烈的心跳聲。

便是在夢中，也見到他。他離她好近好近，暖暖的鼻息，吹在她的睫毛上，吹進她的耳朵裡，她逃不開了，也不想逃。一種絕望的幸福綿密地罩下來。

然後，她掉落在一個深洞裡，陰冷幽黑，掙扎的時候，看見自己的麻衣。

她是一個寡婦。

救我出來！她向站在洞口的二郎呼喊。

洞口還有好些人，認識或不認識的，紛紛問：

她是誰？

她是誰呀！二郎！

她，是我嫂嫂。二郎回答。

翩翩覺得胸口的血全冷了，萬念俱灰，是的，全成了灰。

醒來時，天仍是闃黑的，她再也睡不著。
二郎又上閣樓來時，她以一種奇特的眼光看他。
「昨夜我夢見自己跌進坑裡。」
「別怕。我會救妳出來的，妳夢見我嗎？」
「夢見了。」
「是不是我救妳上來的？」
「你不救我。」
「不會的。」二郎笑起來：「我怎麼會不救妳呢？莫不是我也跌進坑裡了……」
看著翩翩哀傷的眼睛，他收斂了笑容：
「為什麼？」他走到她面前，俯身認真地問：
「為什麼我不救妳？」
從窗外透進來的光線，映照著他柔軟的髫髭，溫柔的嘴唇，長而密的睫毛，固執追索的眼瞳，她不禁後退，轉開臉：

「不為什麼。」

「翩翩！」喚著她的名字的時候，胸中便湃然湧起強烈的情緒：「我不會的。我永遠不會——」

她在他靠得更近時，亟欲逃開。他比她更迅捷，捉住她的手腕，緊緊地，將她拉到胸前：

「妳相信我。」

她盯著他的雙眼，在那明澈的瞳仁中，投射著如此憂傷的自己。

「二郎。」她輕聲地，如同夢囈：

「是夢，可是好真切。你說，我，是你嫂嫂。」

「只是做夢。」

「但，我真的是你嫂嫂啊。」

二郎的臉色蒼白，他的手指僵硬，緩緩地撤離她纖細的手腕。

如同受到重擊，昏亂地背轉身子，支撐著窗框。

是夏天了。他還記得去年春日裡扶持著大郎站在這裡，大郎說話時如鷹爪般的手指深深扣進他的肌膚，那是一種生命欲望的猛烈渴求。然而，他卻無能為力。

就像他與翩翩，一直存在而不能改變的事實，此刻方才面對，它的沉重超出想像。

也是無能為力。

翩翩看著他寬闊厚實的肩膀，再一次升起那種，想要擁抱的衝動。

當初答應婚事，實在是想脫離寄居生活，假若大郎可以痊癒，是上天的厚賜；假若不能，她以為自己可以安安靜靜度過餘生。

她以為她可以，直到看見二郎，日子添了光采，卻也變得艱難。

那夜，二郎輾轉難眠，朦朧之中，彷彿起身下床，穿過花徑，越過亭台，在後院的蓮花池畔，明亮的月光下，他看見翩翩。

翩翩正在沐髮。

一條條透明的水流，使她的長髮充盈飽滿，如同漆黑的流泉，潺潺輕瀉。

她的衣袖褪至肘上，柔潤的手臂瑩瑩生輝，領口微微敞開，頸項優美纖細。

俯身沐髮的翩翩偏頭看見他，握住自己水流淋漓的髮，極嫵媚地笑了。

那笑靨使池上的蓮花顫抖，使他毫不猶豫地向前走去。

而她仍笑著，極佻健地，眼底有一種誘惑，像是埋藏著兩罈好酒佳釀。他，便是那個極欲求醉的人。

當他伸出手，以一種顫慄的心情去碰觸，卻發現她的髮，她的容顏，她整個人急速地化為水，流進蓮花池。

翩翩！翩翩——

他拚命呼喊，用盡氣力去搊取，然而，池水寒澈肌膚，他在一種難以割捨的痛楚中，忍不住啜泣。

並且轉醒。

然而，醒來以後，淚還是止不住。

老天有意與他為難。他明白了。

私誓

第一場飛雪之後，媒人前來提親。

老夫人決定將翩翩另配良媒，消息在府外傳得很快。長年吃齋唸佛的老夫人，彷彿聽見了什麼風聲，事先並沒有與翩翩商量，逕自選定了一位準備續弦的殷商。

二郎獲得消息，奔到廳堂上，兀自喘息，看著老夫人與親族中的長輩，正與翩翩說話，翩翩垂著眼，他看不清她臉上的神情。然而，看見她指間扭絞的手絹。

二郎進來時，所有人的眼光都望向他，只有翩翩不。

他多麼迫切地需要，只有她眼底的清涼，可以慰撫他遍身燒灼的疼痛。

但，她不看他。

「你來做什麼？」老夫人問，隱隱然有阻嚇的意思。

看見二郎氣急敗壞地衝進廳堂時，她更確定地明白了。

「聽說，母親叫……嫂嫂再嫁？」

「這也是翩翩自己的意思。」

「是嗎？」

二郎覺得寒冷以及憤怒。她要離開了。她不願留下來。

她竟然要成為別人的妻子。

在那樣昏亂複雜的創傷中，有一種冷峻的意念升起來，一種內在的絕裂，使他沉靜而且和緩。

「母親。兄長臨終前對我說，假若翩翩改嫁，他死不瞑目。」

他把自己投進地獄了。如此，背叛了良知，毀敗道德，詛咒死者。

翩翩抬頭望向他，而他不敢看她。

老夫人的面容蒼白，提到長子，如同符咒。她終日素齋，潛心禮佛，為的其實是終生病苦的長子，盼望可以超度。

二郎的言語不知是真是假，但，的確發揮了作用。

老夫人身體不適，回房休息，廳中的人都散去了。

翩翩靜悄悄往後園閣樓走，二郎遠遠地跟隨，方進後園，他搶步上前，拉住翩翩，正想開口，翩翩猛回頭，拚力甩開他，她的指甲鋒利地劃過他的頸脖，一陣冰冷，使他鬆開手。

她是一隻被捕捉，奮力掙扎的，垂死蝴蝶。

「你為什麼，不讓我好好活下去？」她嘶聲地，把他當仇讎：

「你知不知道，我只有離開這裡，才能活下去？」

他知道了，他知道她也陷在這樣淒楚的絕症中。

血，緩緩從肌膚滲出來。

「不要嫁。翩翩。」

「你受傷了。」

「妳不要嫁，我也不娶。」

說這話的時候，他是以性命作注了，有一股細細的悲哀，混進龐大的喜悅裡。

「不能的……」

「能。妳不嫁。我不娶。」

兩對眼眸坦誠相視，再不需要掩蔽或者隱藏。

也沒有退縮的空間了。

丫鬟不知何時走來，傳老夫人諭令，二爺今後不可再到後園閣樓來。

誰也瞞不了。

二郎離去時，回頭又喚翩翩：

「記得我說過的話。」

天空墜落一片片雪花，他的每個字，都在她的心上，凝凍成冰。

二郎果然不再上閣樓，少了常來喝茶的二爺，閣樓更寂靜了。

然而，隨著春日再度降臨，翩翩的臉孔愈來愈紅潤光澤。

夜夜，她在樓上等候情人。

二郎只要能來，便在夜深時潛進閣樓，極短暫的相見，有時甚至沒有交談，方才照面，又要分別。

但，常常可以相見，便已足夠。

姥姥過世，二郎回到舅家奔喪守靈，一個月的分離，翩翩安靜地體味著每一種倏忽而來的心情，焦慮、愉悅、甜美、淒楚、恐懼，最後，匯聚成強烈的渴望。

他的可以倚靠的肩膀，溫暖厚實的雙手，深沉似潭的眼瞳，都是她的渴望。

憔悴的二郎來到閣樓時，看到了一個很不相同的翩翩，卻又是熟識的，恰似，那夜夢中笑意盈盈的誘惑。

他走開，去關門，並且鎖上，未及轉身，溫軟的女體已從背後掩至。

他猛烈回轉，擁抱她，恐怕她的髮，她的容顏，她的身子將化為水。

彷彿不是初次，對於彼此，因為已在想像中歷經千百回。

他可以撩動她內心的吟哦，她也能開啟他生命的喘息。

直到，最終。

晚霞從窗外投射進來，整個閣樓都充滿了金黃色的光亮。

在他的臂彎中，她輕輕動了一下，他立即收緊臂膀。

「別動。」

「你看，房裡的光好美，就像洞房花燭夜。」

並躺在枕上，他們看著夕陽如同花燭，燃燒，而後熄滅。

她起身，替他梳頭。

連他的髮都依戀著她，纏繞著她的手指，柔軟烏黑。

她取一股他的髮，一股她的髮，綰成同心結。

結髮。

她一直想知道結髮夫妻是怎樣的一回事。現在，她知道了。

梳好頭，她到了他面前，看著他的眼睛，平靜而清晰地：

「在鄉下，我們倆該要沉潭了。」

他一點也不驚恐，微笑地捧起她的手，放在胸口：

「便要沉潭，也是一對結髮夫妻。」

洞房花燭

府中要辦喜事了。

二爺即將迎娶二少奶奶，翩翩是最後一個聽聞消息的。

二郎的佳耦是舅家的表小姐萱表妹，並且趕在姥姥喪期百日內完婚。

理所當然。

翩翩覺得恍惚，不能集中思考，她努力回憶二郎提起姥姥家的舊事，有沒有萱表妹？是那個壞脾氣的？好哭的？頗有詩才的？

想不起來了。

她的喉頭焦渴，渾身疼痛，沒法子再在房裡待下去。單獨一個人走到蓮花池畔，坐下，水面初生小如圓錢的荷葉，新鮮軟綠，像是緞子裁出來的。

她用手心掬起池中的水，吞嚥，企圖消除猛烈的乾渴，她需要大量的、冰涼的水。

索性，她將臉浸入池中，池水以如此溫柔的波紋盛載她，深入、再深入——

有人奮力抱持她的腰肢，將她提出水面。

「妳做什麼？」

二郎的聲音充滿惶恐，他的眼睛裡也是。

「翩翩！」他搖撼她：

「妳不要——」

「你要成親了。」她看著他的眼睛。

他搖頭。

「就在這個月十五。」

他再搖頭。

「我都聽說了。」

「妳只聽他們說，卻沒有聽我說。」

「你要娶萱表妹，你們從小一塊兒長大的。她長得美嗎？她會作詩嗎？」

「她長得很美，詩也作得好。可是，我不娶萱表妹，我不成親。」

二郎緊緊擁抱翩翩，她的溼淋淋的髮貼著他的下頷，深深吸一口氣，他說：

「妳才是我的妻子。」

「怎麼辦呢？我們。」

二郎鬆開翩翩，他說：

「我們離開這裡，到沒人認識我們的地方去。」

「不管到哪裡去，都是一樣，逃得了人，卻逃不了心。我們一開始，就錯了。」

「我去和母親說，她不肯答應。可是，天地之大，總有我們的容身之處。」

「二郎。剛才在池裡，我覺得好累，哪裡也不想去……」翩翩虛弱地笑著，再度靠上二郎的胸膛：

「我只想跟你在一起。」

在鄉下，我們倆該沉潭了。

這句話突然撞擊在二郎心上，假若不能同生，便共死。

二郎日日求見老夫人，老夫人日日托病不見。

自襁褓便寄養他處，母子二人並無情感，原來，連父母子女也緣深緣淺，各不相同。

新房熱熱鬧鬧地布置起來，二郎踅去看了看，取走一對紅燭。很快地，又補上一對新的。

舅母來探望二郎，也是準女婿，因為自幼在跟前看著長大的，反倒有些母子之情。說了些訓勉的話，不過是希望夫婦二人相敬如賓，共偕白首。

二郎始終不搭腔，卻在舅母離去時，突然跪下。

「舅母的養育之恩，無以為報。」他叩了一個頭，被舅母扶了起來。

「瞧瞧你！都要成親了，這樣孩子氣。」

二郎在蓮花池畔尋到翩翩，她正微笑地看著自己的倒影。在水中看見二郎時，笑得更璀璨了。

「我從小就想要一座蓮花池，這是我最喜歡的地方……」

她伸手拉住他：

「別苦惱。二郎！我沒事了。」

「婚禮就在明天。」

「可不是。今天十四，明天就十五了。你成親。我，沉潭。」

「翩翩。」二郎俯身，極溫存地環抱她的腰：「我們一道。妳不能丟下我。」

翩翩摟抱他，在她胸前，緩緩地，淚水落在他的髮上。

「今天晚上，妳等我。」

翩翩穿上繁花似錦的衣裳，對鏡整妝，這一次，才真正有了出嫁的心情。

三更，整個府邸庭園都靜下來。

翩翩來到蓮花池畔時，二郎已經等在那兒了，他穿的是簇新的禮服，齊整光采。

在池畔，他點燃一對紅燭。

燭焰燦燦。

披散了頭髮，握住一股交給翩翩，他說：

「把我們的髮結起來，便是來生也拆不開。」

翩翩仔細地將他的髮與自己的髮結成長辮，再分不清是誰的髮了。

挽著她，二郎看著她的眼，他們跨進蓮花池。

他們進入蓮花池，像進入一場瑰麗的夢境。

沉落之前，高燒的紅燭，是他們眼瞳所見，最後的景象。

是他們的洞房花燭。

尾聲

太陽昇起時，年老眼花的老園丁到後園灑掃，不經意地望向池水。兩張浮上水面的容顏，宛如蓮花並蒂。

昨天還不見花苞，今日便突然綻放。

今日二少爺成親，是好兆頭呢。

老園丁想著，不禁歡喜起來。

——本文取材自清．孔尚任七言古詩〈池汙水〉

汙池水渾不成底，池邊灌園人早起。

如雪白紵攪青絲，竹竿挑出兩人死。

一男一女貌如花，香帕繫頸肩相比。
人人圍看不識誰，有姥哭媳又哭子。
媳為嫂兮子為叔，嫂寡叔幼情偏美。
昨日人投碧玉釵，花燭今夜照門裏。
心急口懦無奈何，兩人私誓同沉水。
水底鴛鴦不會飛，那得生根變連理。

西湖曲

她心裡很清楚，
好花便再明妍，
又能招展幾個春秋朝夕？
花無百日，紅。

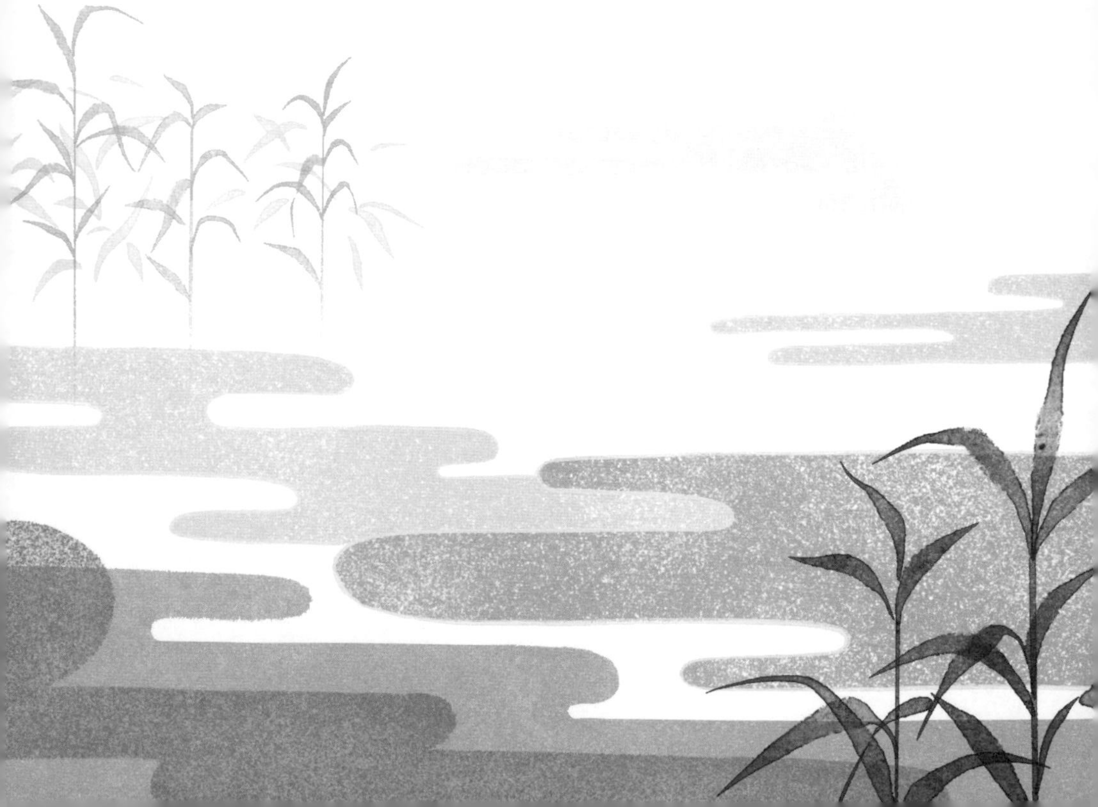

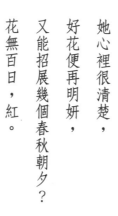

昨夜停紅燭

房內油燈點得亮晃晃，四色果品擺在桌上，初初起更。秦重一個人坐著，突然覺得落寞了。

偏過頭，看見鏡子裡映照出一個侷促拘謹的年輕男人，因為長久等待的煎熬，慣經風吹日曬的臉龐，竟顯得青白。那雙和氣的、總帶著笑意的眼睛，此刻黑白分明，炯炯晶亮，極不安定地。

這是我嗎？新衣衫、新頭巾、甜鞋淨襪。

臨出門還被兩個相熟的鄰舍驚怪一番：

「赫！瞧咱們賣油郎，齊頭整臉的，活像剛蒸成的燒賣。莫不是要去拜見岳父岳母大人啊？」

秦重低下頭：「休得取笑。」一陣慌亂，踢翻了油桶上的瓢，殘油濺上鞋面。

儘管鴇兒再三再四叮嚀，到此地來，切不可露出本相，「好生妝扮起來，也是個俊俏後生。」然而，鞋上油漬斑斑，卻再不能更換。

他就是一個賣油郎。

鴇兒王嬷嬷似真似假喚一聲：

「秦小官人！」

算是開門納客，可那「小」字卻特別響亮，一旁奉茶的小丫鬟，吱吱咯咯笑個不住。他與她們在後門口買油賣油的，也交易了好一段日子，如今，賣油的落拓漢，成了娼家的座上客，便是自己也覺得不能置信。

但，假若不是賣油，如何能與她相見？自從第一次見她在門前下轎，他便藉著賣油，時時去，見她被簇擁著上轎、下轎，不同的轎子，去赴不同的約會。

「這是誰家的轎子？好氣派！」他對她全部的事都覺好奇。

「韓尚書的公子，邀姑娘去賞花。」小丫鬟說。一會兒又是李學士、黃衙內、張山人、俞太尉，等等。她是名滿杭城的花魁女呵。他曾為她抱憾，可憐淪落煙花，隨後又想，若非如此，怎麼能夠相遇？

曾經有一回，上轎前，她看見正為小丫鬟盛油的他，在那瞬息的短促時間裡，油從瓶中溢出來，滑潤地流過瓶身，她微微地笑了一笑。他是在小丫鬟喝叫聲中惆悵醒來，如同失了魂魄。

「賣油的！你痴了。真是癩蛤蟆想吃天鵝屁！」小丫鬟常喜歡與他調笑，看他總不毛躁的好脾氣：「這輩子存十兩銀子，就進得了門，要不嘛，且等下輩子吧！」

十兩銀子。

直到此時坐在花魁娘子房內，依然記得那夜點數自己全部家當和積蓄，不過二兩。

然而，我年輕呀，他輾轉一夜，下定決心，我能吃苦，能積攢，一年不成便兩年，兩年不成便三年……

鴇兒點清銀兩，聽明白了他的話，原先堆滿笑的老臉皮僵住了。這麼些年，真沒見過像他這樣篤實厚重的孩子，這十兩銀子是血汗錢，偏偏他的心太大，花魁娘子怎麼可能款待一個賣油郎？

秦重不肯拿回銀子，只一趟趟往鴇兒家裡去，說是只要覷個空暇，親覩芳容，飲一盃酒，心願足矣。

如此專注志誠，嬤嬤也感動了，一心成全秦小官人。

終於等到了機會，花魁娘子赴俞太尉賞雪之約，大概黃昏時分歸家，嬤嬤親領秦重到花魁娘子房中等候。

等著、候著，到了掌燈時分，草草用過晚飯，奉茶，勸酒，而花魁女全無消息，連慣常打諢的鴇兒也焦躁起來。

「不然，我把十兩銀子奉還，小官人不要見怪——」

「不必還。嬤嬤讓我再等一等，等著了，是我的福分，等不著，也是命。」

十兩銀子便做花粉之資吧，他想著，她就像一尊雍容華貴的觀音，我無能捐一座廟，那麼，就獻一炷香吧。

鴇兒離去以後，秦重才能看清這座房舍的擺設，琉璃垂花燈，雲母屏風，博山古銅爐燒著龍涎香餅，書桌上擺著古玩玉器，牆上張掛著山水書畫，想也是名人筆墨。

他坐著，覺得身上新衣裳漿得太過硬挺；覺得自己與這裡的一切太不般配；覺得他在等的人永遠也不會出現了。

他坐著，無力地垂下頭，似有若無的幽香裡，闔上眼。

不知過了多久，一陣騷動中，鴇兒推開房門，像寶藍色蝙蝠，張展翅膀，撲向秦重：

「來了！來了！回來了。」

回來了嗎？是真的嗎？是一場夢嗎？

秦重站起身，如夢似幻的恍惚中，看著丫鬟們撤下燈，換上一對龍鳳燭；收拾了點心，捧上酒菜，細碎雜亂的腳步聲，花魁果然回來了。

她雲鬢蓬亂，舉步維艱，由兩名壯碩的僕婦攙扶著，進屋。

「她怎麼了？」秦重大驚，她病了嗎？全不是昔日所見上轎下轎的光采照人。

「沒事！」鴇兒笑著安撫：「她只是喝多了，有些醉，沒有事。」

說著，一邊把秦重往屋角拉，低聲道：

「小官人！我實對你說，我這女兒心高氣傲，往來的都是王孫公子，富室豪家……今夜醉了倒好，否則，怎麼願意見你？」

秦重不說話，點了點頭，而後說：

「姑娘醉成這樣，我不擾她，我、我告辭了。」

「什麼話！」鴇兒一把揣定：「老娘費盡苦心，你不領情，倒像我存心誆你十兩銀子。」

「嬤嬤別這樣說，我是甘願的。」

「傻小子！」鴇兒轉怒為笑：「老天爺酬你的真心，特賞你一個醉人，盡你受用了。」

鴇兒綽綽地轉向紅眼床，花魁女已被換了寬鬆的衫裙，卸除鉛華，斜凭床頭，搭著眼皮，酒氣上湧，面頰潮紅。

「女兒，今夜有位小官人，等了妳大半天，妳須好生相待。」

花魁斜睨燭影中的秦重，蹙起眉：

「他才不是官人，我認得，他是，是……啊！娘呀，我不要他。我要歇息……」

「滿嘴混話！醉成這樣，真是。」鴇兒笑著斥著，把秦重往前推：

「看你的啦！」她睞了睞眼，風情無限地：「小官人，那人醉了，放溫存些。」

一忽兒，房內的人全走了，獨留下花魁女和賣油郎。

鴇兒臨去的撩撥，確令秦重血脈賁張，捱了多少艱辛，才有這樣一夜，看那高燒的燭焰，分明是洞房花燭夜呵。可是，他想像過千百種情景，卻沒料過這樣的場面，現在，應當怎麼辦呢？

「姑娘！」他嘗試著喚：「妳聽得見我嗎？」

花魁烏黑的長髮橫過雪白的頸項，那吹彈欲破的肌膚，急促起伏。

「我，好累，好累……」她呻吟，模糊不清地。

秦重立在床前，感受著自己情緒上的微妙變化。她常常醉嗎？醉了以後總是這麼痛苦嗎？這樣的日子怎麼禁得住？

丫鬟叩門，問他們是否有什麼需要？

「給我一壺濃茶吧，煩勞。」

在他被義父逐出家門之前，在那喚蘭花的女子進門之前，義父常飲得酩酊，他便得伺候一夜，用濃茶醒酒解渴。

有蘭花相伴，義父不再借酒澆愁了吧？那麼，縱然自己因蘭花挑唆，被義父驅逐，也沒有怨言。

斟一盞熱茶捧至床前，花魁女卻已睡去，蜷縮著身子，秦重見欄杆上一床大紅紵絲棉被，輕輕展開，覆在她身上。看著她緊鎖的眉，徐徐舒散。

不一會兒，覺得氣悶，她揭開被，喘息。秦重等她氣息漸定，再蓋好被，脫鞋上床，一隻手抱著茶壺在懷中，恐怕她時時要水；另一隻手搭著被，恐怕她再揭開了受涼。

燭淚已積了一灘，他坐著，挨著花魁女，沒有激情與欲念，只是如此寧謐祥和，從來不曾有過的幸福感，緩緩浸沒。

滄海難為水

瑞琴睡得很不安穩，夢中，人人都向她敬酒——花魁娘子是海量，我先乾為敬。

你，你們每人敬一盃，我卻飲了十二盃。她笑著，這樣不公平哪！

李員外，裴大爺從關外來，花魁娘子敬一敬遠客，嗳！一盃不成，起碼三盃！

我不行了。

什麼？這樣就不行了？花魁娘子可不是浪得虛名啊！來來！喝了這盃再說。

我真的，真的不行了……

喝！一聲暴雷似的喊，震得她頭疼，一罈酒放在面前。

她頓覺手腳冰冷，噁心反胃，嘔——

有人輕輕拍撫她的脊背，不知是誰。嗅著一股油味，胸中翻湧，張開嘴，盡情一嘔，有人幫著她，接了穢物，又給她溫熱茶水漱了口，彷彿是在她自己房裡，照料她的不是丫囊，那人肩臂結實，應當是年輕男子。因為嘔吐迸出淚來，淚花中朦朧見到，一雙焦慮的眼睛，不陌生卻也不熟悉。她想問，無奈力不從心，倦怠地閉上眼。

她又跨進那個舊夢，挽著溫柔斯文的鄭元和遊長安，她是名花傾城的李亞仙。十四歲那年，她被鴇兒設計破了身子，一把抓傷嫖客臉面，鬧著上吊投水，萬死不肯活。所幸王嬷嬷的老姐妹劉姨媽，引著唐朝李亞仙、鄭元和的豔事說動她的心：

「憑著妳的姿色與才情，難道遇不著鄭元和這樣的好子弟？門第清華，深情款款。人生一世，那才稱心如意啊。」

好些年過去了，巧笑倩兮，美目盼矣，偏盼不著一個鄭元和。只贏得「花魁娘子」美譽。然而，她心裡很清楚，好花便再明妍，又能招展幾個春秋朝夕？

花無百日，紅。便是花中之魁，又能如何？

在夢裡，她是亞仙，與元和相偎相守。

在夢裡，元和為她遭父親毒打，幾乎死去，成了乞兒，在雪地裡哀歌乞食，她在樓上痛哭，推開攔阻的老鴇和丫鬟。

是我害了他，他若死了，我也不能活。

她哭，她病。

病中想喫馬板腸湯，元和殺了五花馬，如此名貴的駿馬，是他父親送他的，「元和乃吾家千里駒」，而他為她殺了良駒，他僅剩的財產。取腸烹煮成湯，捧到床前，親手餵她。

她好渴好渴，喝了一盅又一盅，聽見一個溫柔的聲音：

「慢慢來，別急，仔細嗆著了。」

她喝的不是湯，是馥馥香茶。餵她的人不是元和，那麼是誰呢？

「覺得好些了嗎？」

那人問。她看見他把茶壺貼胸揣著，點點頭，她的眼皮沉沉垂下。

耳畔轟轟響，又回到十二歲那年的兵荒馬亂，男女老幼推著擠著出城，爹一手拉著娘，一手拉著她，娘摔倒了，爹鬆開手去扶娘，她伸出手，再抓不住爹娘，四面八方都是人，推著擠著，粗暴野蠻，她仆倒，又站起來，雙腿打戰。

「娘——」她大聲拚命地嚷：「妳在哪兒呀？娘！娘——」

花魁娘子！有人叫她。

不是。我不是花魁，我是瑞琴！我要我娘。她哭得肝腸寸斷，口口聲聲要娘。

「妳！妳別哭。我去找妳娘，別哭了，別哭。」

有人拍撫她，像安慰一個小女孩。

她不再哭泣，倚靠著可以信賴的臂膀。

瑞琴完全甦醒，天已經亮了。她蠕動身子，靠著她倚在床畔的人，迅速轉醒，翻下床，趿著鞋，站立在桌邊。

「你是誰？」

「小人名叫秦重。」

情重？瑞琴怔了怔，仔細打量，這人她確曾見過，只是一時想不起。

「昨夜，我醉得很厲害吧？」

「還好。」

那雙眼睛，在夢裡見過的。昨夜，一直都是他嗎？

「我大概吐了吧？」

「沒有。」

「是嗎？」她深深嘆一口氣：「那還好。」

然而，不對，她記得昨夜折騰得厲害。

「我記得吐過的，還喝了茶，你莫要哄我。」

「是的，姑娘吐過，也喝過茶。」

「吐在哪裡？那樣骯髒。」

「我怕汙了姑娘的衣衫被褥，所以，用袖子盛了，裹在一旁。」

瑞琴半晌沒有作聲，看著屋角裹成一團的衣裳，她說：

「可惜了，一件好衣裳。」

「一點也不可惜。」秦重微笑著，又斟來一盞茶，遞給她。就著晨光，看著他的臉，嗅著一股油味，是他的氣味嗎？猛然想起，是他，原來是他。

接過茶，她問：

「你究竟是誰？」

「姑娘問話，小人不敢妄言，我是常來府上的賣油郎秦重。」

瑞琴的心狠狠一墜，還盼什麼鄭元和呢，如今，連個賣油郎都成了入幕之賓。

看見她的眼睫驀地陰沉黯淡，秦重心慌，脫口而出：

「姑娘別難過，小人昨夜不曾侵犯絲毫。」

「我娘收了你多少銀子？」

「十兩。」

「那麼，你為什麼，空手而回？」

「小人，不配。」

瑞琴笑得淒楚：「十兩紋銀，便是貴客，有什麼配與不配？」

「見姑娘酒醉，小人，不忍。」

瑞琴在桌旁坐下，案上酒菜原封未動，她柔聲問：

「怎麼你連酒菜也不用一些？」斟上酒，一盃給他，另一盃給自己：「來！我敬你一杯。」

「不要。」他快捷地捉住她的盃：「別喝了，妳昨夜醉得好苦。」

她面對的是一雙疼惜混合著焦慮的眼眸，這人守候她一夜。旁人是來她這裡取樂的，她給他們歡樂；這個人卻來要什麼呢？她帶給他的彷彿是痛苦。

「十兩銀子，你白花了。可懊悔嗎？」

「不！」秦重笑起來，健康的年輕臉龐：「以前只能偶爾在門口看見姑娘，昨夜看了一整夜，兩年的辛苦都值得了。」

他只是個賣油郎，胸中並無文采，為什麼每句話都清脆敲擊在瑞琴心版上，回聲悅耳。

丫鬟叩門入屋，送盆水請客人盥洗，一邊拉著瑞琴說：

「嬤嬤說了，早些打發賣油郎走吧。若讓人撞見，會笑話的。」

「既然如此，何必……」瑞琴驟起一把莫名火，也不知是為自己；或是秦重。

丫鬟退出去，瑞琴隨意綰起髮，秦重盥洗完畢，自地上小心抱起汙穢了的衣裳。

「衣裳留著，我叫丫鬟漿洗乾淨，再送還你。」

「不勞姑娘費心。我這就去了。」

「等一會。」瑞琴自妝奩中取出一只繡袋，沉甸甸，交付秦重：「昨夜難為你了，我，無以為報，這二十兩，就算是……」

「萬萬不可以。」秦重的臉色灰白，眼瞳更顯烏黑。

瑞琴也覺無比艱難，向來她只領受男人的贈與，從沒有遇過這樣的事。

「我的銀子來得容易，你當然嫌棄。」

「不要這樣說，不要……」

「這樣吧。」瑞琴把繡袋揣在秦重袖內：「算我借你的資本，兩年、三年，待你做成了生意，再來還我。行嗎？」

「我走了。」他寬闊的肩膀垂著，鼻音濃重：

「姑娘放心，昨夜之事絕不提起，免得玷了芳名。往後也不會再來……」

瑞琴無意識地點了點頭，秦重走到門邊，帶著笑意，也點了點頭：

「妳要保重。」

拉開門，光亮刺目，他大步急急離去。

瑞琴站著，有一種莫名其妙的，與親人分別的難捨依依。

歲歲長相見

清明時節，油舖得一些清閒，秦重穿一套乾淨衣裳，走著走著，便到了花魁娘子宅前，看見王嬤嬤慌忙指派著家丁僕婦，一夥人領命散去了。

他在一旁思忖著，該不該來呢？那日聽見丫鬟說「招人笑話」，他便自慚形穢；而後他表明不再相見，她竟然點頭。他一絲埋怨也沒有，旁人看見的是豔冠群芳的花魁女，他卻看見醉夢中哀哭喚娘的無助女孩。

王嬤嬤看見他，笑著迎上去：

「什麼風把秦大官人吹來啦？一年多沒瞧見，可發啦！真真人不可貌相，我以前就說，別瞧賣油郎現下做小生意，將來定要鴻圖大展的，可不是，這會兒成了大官人了。」

「嬤嬤不要取笑，只是運勢好。」

蘭花拐騙了銀錢，一走了之，秦重返回氣病在床的義父身邊，伺候湯藥，重整油舖，義父不多時嗚呼哀哉，而油舖近悅遠來，生意愈發興隆。半年來尋得一對夫婦做為幫手，盡心竭力，撐持內外。這對老夫婦原是逃難當年失散了女兒，到此尋訪。老少三人朝夕相處，難捨難分，秦重索性稱乾爹乾娘。乾娘了解秦重心事，勸他來走一遭，倘若不期而遇，也好解一解相思苦。

「大官人富貴了，便把我們忘了？」

「哪裡話。小人特來向嬤嬤請安。敢問，花魁娘子近來好嗎？」

「哎！我那個女兒氣性愈發古怪了。成天裡唉聲嘆氣，這個不接，那個不見，今天惹惱了魔王兇煞，幾個人打破了門，把她架走了。大約去了一個時辰，恐怕出事，我才派了人去找呢。」

秦重覺得一聲霹靂響在耳際，他的喉頭乾啞：

「妳怎麼不攔著？你們怎麼讓她去了？」

「攔不住哇！撒野的公子有太守老子撐腰，誰敢攔他！喂！大官人，你去哪兒？喂！你怎麼找啊！去！賣油的就是賣油的！」

你怎麼找啊？

秦重一直跑到西湖邊，靠著柳樹喘氣。湖上畫舫有幾個歌伎在唱曲：

一願郎君千歲，二願妾身常健，

三願如同樑上燕，歲歲長相見。

就算找到了，她不一定願意見我呵。然而那繡袋，他始終貼身收藏，不必她還報，只要她平安。他還是要找到她。

瑞琴蜷曲在蘆荻叢中，吳太守的公子原是要仗著狠勁迫她屈從，卻不知她性烈至此，也不怕打，一心要尋死，弄得額破唇裂，蓬頭亂裙，只得泊在僻靜的清波門外，除去她的鞋襪，趕她下船：

「賤人！有本事妳就爬回去。」一只銀元寶擲進懷裡：「賞給妳的買笑錢！」

瑞琴仆倒，彷彿又回到十四歲那年，鴇兒將她灌醉，幫著嫖客褪除她的小衫，她想掙扎，卻怎麼也動不了。那張醜陋的，閃著油光的臉，是她今生最深重的屈辱。她曾經以為，今生再不必受這等詬辱，她是王孫貴客捧在掌心的花魁女呀，如今，誰來救助？

鄭元和，是永遠不可能的夢想了。

這就是她的一生，錦繡養成，珍寶供奉，再好強也拗不過命。去他的買笑錢。恨恨地，她將元寶擲進湖水，掙著要站起來，卻陷在軟泥裡，委頓地，她不再掙扎，愈陷愈深，這就是她的一生。

她開始哭泣，細細地，氣若游絲。並且想起，始終沒有忘記的賣油郎，他曾溫柔地撫慰她夢裡的驚悸與哭泣。然而，他後來不曾再來，大概娶妻了吧。也許已經是父親了。

自從他離去，每當她驚寤，便思念他的眼神，他的氣息。當她起身飲涼茶時，免不了想起被他的胸膛溫暖的那壺茶。

她大概哭暈了，恍惚之間，竟又感受到那股氣息，彷彿有人在喚她：

「姑娘。」

她抬頭，看見秦重。

「妳怎麼弄成這樣？」秦重大慟，將她拖抱到樹下：「他們怎麼下手這麼狠？」

看清楚了，竟然是秦重。她用盡全身氣力攀住他的頸子：

「救我！救我！救救我——」

秦重顫動地，擁抱她，久久，不能出聲。倚著秦重的肩頭，她說：

「我以為，再也見不著你了。」

「妳的銀子，還存在我那兒呢！」

瑞琴像是笑了，鬆開他，靠回樹幹。他注視著她，眼中的痛楚強烈，燒灼著。

「妳傷得厲害，別動。」

他取出袖中白綾汗巾，用湖水浸溼了，替瑞琴拭臉上的血淚汗泥，瑞琴閉著眼說：

「真奇怪！每次與你相見，我都這樣狼狽。」

沒聽見答話，她睜開眼，赫然看見他的淚，浸著黑亮的眼瞳。

「別難過。」她的心慌慌地：「我沒讓他如意稱心，這些傷，是我自個兒撞的。他給的銀子，我也扔進湖裡，一文錢也不要。我不要他的銀子，我不要——」

他擁她入懷，緊緊地：

「好。」他說，硬咽地：「瑞琴！沒有事了，我不會再讓妳受委屈了，我絕不會的……」

「你，你叫我什麼？」

秦重怔住了，醒著或是夢著的時候，他喚「瑞琴」慣了的，不意脫口而出。

瑞琴一震，許久沒有人這樣喚她了。

「你怎麼知道？」

「那夜在夢中，聽妳說的。」

「我還說了什麼？」

「妳說，要去找娘。」

「你說，要幫我找娘去，是你說的……」

「是的。我說的，而且我願意為妳做任何事。」他拭去她面頰上滾落的淚：「只要妳別哭，別傷心，我什麼都肯做。」

她失卻鞋襪，無法行走，秦重脫下外衣，將她裹起，而後抱起來。他脫衣時，跌落了一只繡袋，瑞琴熟悉的花鳥圖，她不作聲，攥在手中。他抱著她，送她回去。沿著湖邊往大路走，她問他：

「成親了嗎？」

他搖頭，微笑。

「那麼，我要嫁你。」

「什麼？」

「秦重！瑞琴要嫁你。」

湖面不知何時起霧了，絳紗綠煙的西湖，隨著風，湖上揚起悠揚曲調：

一願郎君千歲，二願妾身常健，
三願如同樑上燕，歲歲長相見。

——取材自《醒世恒言》〈賣油郎獨占花魁〉

鴛鴦紋身

他們相愛。

人或是鬼或是神，都不能干涉。

只有胸前那對鴛鴦，

如浮游水上，

見證著這一場，生死纏綿。

鴛鴦紋身

這是一條闇黑、漫長的道路，而且寒冷。為什麼這樣冷呢？

她只有一個人，不能自制地向前走去，卻不知道要去哪裡？好冷好冷啊！

走得很艱難，彷彿被人綁住了腳似的，被綁住了，用繩子，她的足踝被繩子綁住了。

低下頭，並沒有繩子，可是，卻邁不開步子。

「綁得鬆一點，好上路。」

她記起來，曾經有人這樣說，是一種哽咽的聲調。

悚然一驚！她想起綁住母親足踝的那條棉繩，簇新潔白。在她六歲那年，久病的母親去世了，父親剛升了官，喪禮辦得好隆重，堂前堂後一片哭聲。她太小，母親又病得太久，幾乎不認識了。披麻戴孝地跪著，睡著了，被嬤嬤抱起來，站在將要掩蓋的棺木前，教她說：

「娘親！您安心去吧，好好上路。今生苦難脫盡了，來世修得蓮花身。」

她一句句跟著唸，不懂得哀傷，然而看見綁住母親雙腳的繩子，因為詭異的感覺，稍頓了頓，才心不在焉地唸完最後一句：

「娘親保庇小連城無病無災，平安長大。」

方唸完，便緊緊摟住嬤嬤的頸子。嬤嬤愛憐地拍撫她的背，那溫暖厚實的手。

嬤嬤！嬤嬤在哪兒呢？

在她見到的最後一方光亮裡，是嬤嬤焦慮的臉，還記得她狂亂地抓住嬤嬤的手，費力嚷著：

「我喘……喘不過氣，嬤嬤救我！好、難受——」

接下來，便是無邊無際的黑暗，以及寒冷。

此刻又察覺到孤單。一個人，往哪裡去呢？難道是奔赴陰曹地府？

這便是黃泉路嗎？

莫不是，我已經死了？

顫慄從脊背開始，爬遍全身。怪不得這樣寒冷、這樣幽暗、這樣孤單。

已經死了。

鴛鴦織就欲雙飛

她的身體向來病弱，母親的病痛似乎全部轉移到女兒身上。奇怪的是莫名的病災與珍貴的藥材，把她養得異常美麗煥發。然而，因為曾有醫家預言，她活不過二十歲，這樣的美麗令人看著，總覺得哀愁。

連孩子們都傳唱著：

連城病容能傾城，
可憐嬌豔二十春。

鎮日穿梭在史府中的，除了名醫便是良媒，都為連城而來。她的病和美糅成一股奇異的吸引力，如同曇花，短暫而絕豔。只要是有富麗庭園，都想移植這株名花。

這樣倉促的二十個寒暑春秋，應當怎樣安排？史大人於是讓女兒學佛，因此識字知書。讀到「春日凝妝上翠樓」時，怔忡了一個下午；唸著：「今年歡笑復明年，秋月春風等閒度。」她將佛書擱在一旁，深深歎息。

佛，脫不了她的病苦，也度不了她的寂寞。

父親固然嬌寶寵愛，女兒終究是要出嫁，倘若嫁得好，或可多活二十、三十年，也未可知。

於是，滿城沸沸傳揚開來，史大人要為連城選女婿。在春分那日，史府將設詩筵，邀請城內青年士子，為連城精巧的繡品〈倦繡圖〉題詠。

喬年穿越熙攘雜亂的市集，揣著點碎銀子，往好友顧家去。

在巷口搏戲的一群孩子，忽然衝出一個，抱住喬年的腰，仰著臉喚：

「叔叔！叔叔——」

「阿康好乖！」喬年微笑：「娘在家嗎？」

「娘在家，姊姊也在，幫著趕活兒呢！」一路說著，一路拉喬年往家裡去，拉開嗓子喊：

「娘啊娘！您瞧瞧誰來了？」

穿著粗布裳的女人和梳鬟的小女孩，很快出現在門口，臉上都是忍不住地笑。

「叔叔！」女孩也叫。

「嫂子都好嗎？阿欣又長高了。怎麼不出去玩？」

「姊姊說沒衣裳穿，不肯出門。」小男孩搶著說。

「瞎說！」女孩惱怒地。

「本來就是嘛！」

「你再說，我撕你的嘴——」女孩繞著喬年跑，抓不著弟弟，兩個孩子追著跑著進了屋。

「喬兄弟進屋喝杯水吧？」

「不敢煩勞嫂子。」

每一次來訪，都不肯進屋，孤兒寡婦處境艱難，他不願添閒話。

掏出小布包遞上前：

「孩子們長得快，製件新衣吧！」

女人站在門畔，眼圈驀地紅了：

「我們一家人要怎樣拖累你呢？」

「顧大哥是我的知交好友，他不幸了，我理當照應你們。」

「他在異鄉病故，兩千多里，你耗盡家產送他的靈柩回來。三年來，照顧我們，弄得自己一貧如洗，到現在都成不了家。便是老顧在地下也不能安心。」

「嫂子，姻緣天定，我不掛心。只是應考失利，讓你們受苦了。」

「兄弟。」女人拭淚，突然問：「聽說連城的事嗎？」

連城，已成為市井中傳唱的美麗的歌謠了，誰聽不見呢？

喬年緩緩點了頭。

「何不去試試？」

「我只是一介寒士。」

「寒士又如何？她若瞧不上寒士，也就不值得了！」

喬年遲疑地笑了笑，暗自驚異，這女人原來有這等見識，莫怪老顧生前對她愛敬有加。

巷口的孩子還沒散去，用一種淒涼的曲調唱著：

連城病容能傾城，
可憐嬌豔二十春。

喬年從歌聲中穿越，他第一次專注聆聽這樣的歌聲，突然覺得有一股特別的情緒，在胸腔中波動。

這是陌生的情緒。他一向有豪邁之情、義烈之情、悲憫之情……

然而，不曾有過這樣的經驗。

這是酸楚的柔情。

喬年赴會時，極受禮遇，在這場鳳求凰的大會中，像喬年這樣的有名寒士，是可以添加光采的。

一家有女百家求。

喬年來得晚，詩會已經開始了，他很掙扎了一番，去或不去。然而，他真的好奇，想看一看那幅聞名遐邇的〈倦繡圖〉，有傳言說連城把自己的形貌繡在圖上了。

巨幅繡像推向喬年時，旁邊的人笑起來，低聲說：

「啥也瞧不見。咱們到背面去，看看美人真容吧。」

像上的年輕女子只是個窈窕的側影，除了濃密的黑髮，弧度柔美的額與頰，見不到五官。女子倚著繡架，臉朝向窗。

是早晨的陽光吧。喬年想，每一根光滑的絲線，都瑩瑩亮著，女子的臉頰也亮著，並且和暖吧。

「慵鬟高髻綠婆娑，早向蘭窗繡碧荷。」

他執筆揮灑兩句，停住，仔細地看，她在繡什麼？呵，是一對鴛鴦。雌鳥已經繡好，將頭鑽入水中，雄鳥卻只繡了一半。為何不繡下去？因為配色不理想？太過疲倦了？還是……

「刺到鴛鴦魂欲斷，暗停針線蹙雙蛾。」

好哇！眾人鼓譟起來，說這首詩是壓卷，恭賀史大人覓得佳婿。

這騷動傳到了連城的繡樓，她細細讀每首詩，讀到喬年詩時，雙頰隱隱緋紅，問侍立的丫鬟：

「這是什麼人？」

「不過是個落魄潦倒的窮酸書生。」小丫頭橙兒撇著嘴，不屑地說。

「不會吧？」

「他是窮嘛！邋裡邋遢的。」

「窮，可不一定酸啊！」

「就是。」嬤嬤擰了橙兒一把：「臭丫頭！妳這綠豆眼兒能瞧什麼？亂編排！敏兒！妳不是知道這個人？給小姐說說。」

喚敏兒的丫鬟把流傳在城裡的故事，一樁樁說給連城聽。

連城聽得入神了，久久才問：

「全城的人都仰慕他，為什麼他還這麼窮呢？」

「仰慕他是一回事，要救濟他又是另一回事。這年頭，誰肯拿錢出來給別人？」

「怎麼他肯幫人，人就不肯幫他？」

「我的小姐！這就好像咱們欣賞他的俠情才氣，可不會嫁給他啊！」

「可是，我最中意他的詩，他瞧出我圖中的意思了。」

「小姐。」嬤嬤正色地：「別胡思亂想。這事得老爺拿主意。況且，妳不能跟他，跟了他，怎麼過日子。」

「好歹，我要幫他。」

是真知己

史大人歡喜地上了女兒繡樓，說是以詩擇婿，已選定一門好親事。就是城中最富有的鹽商公子王化成，青年才俊，儒雅風流。

官家與商家結親。官家要的是錢財；商家要的是權勢，自然美滿。

然而，我要的不是這些呵。連城垂著頭不說話。

「連兒！妳意下如何？」

連城堅決地抬頭，這是最疼愛自己的父親，應該可以了解，可以成全，可以……為了她的病，父親已然心力交瘁，她該怎麼說？

「小姐。」嬤嬤來到身邊，拍撫她，像小時候一樣：「快答應吧。我們別給老爺添麻煩吧。啊？」

「我們」，嬤嬤總是說「我們」，其實，就是「我」，所有的人都讓我給拖累了。

連城覺得倦怠，靠在嬤嬤懷裡。

「但憑爹爹。」有氣無力地說。

父親哈哈大笑：

「瞧妳！要出嫁了。還像個娃娃！」

人們又編了新歌，帶有嘲弄的意味：

鹽商珍寶難量秤，
娶得紅顏價連城。

滿城傳唱不絕。

喬年在市集上聽見了這個消息，他並不氣忿，也不自怨自艾，只是想，她並不欣賞我的詩呢！我究竟是個魯莽男子，不能知解女孩兒家的心事。

然而，她真的要出嫁了嗎？想著，有絲淡淡的惆悵。

回家推開鎖不上的門扉，赫然發現房內坐著一位中年婦人，還帶了個使女。

「喬公子回來了。」婦人起身，有種安定沉穩的威儀。

「妳是……」

「我是連城小姐的嬤嬤，特來探望。」

「連城小姐？」他覺得恍然若夢。

小丫頭橙兒總看不上他，此時嗤之以鼻：「小姐怎會看上這個人？」

喬年聽見了，清清楚楚地聽見。

「我家小姐對公子的才華十分欽慕，尤其那首詩，真是愛不釋手，相信公子絕非池中之物。我家老爺特別派我送來這個，為公子助燈火。」

一只匣子掀開來，幾錠亮晃晃的銀元寶。

「這是小姐愛才之心，懇請公子收下。」

她喜歡我的詩，她相信我不是池中之物，連城呵，連城，那個不肯轉過頭來的女子，那個即將另嫁的女子。

她知解他；一如他對她的了解。

從未見過她的容顏又如何？她要嫁誰又有什麼關係。

「連城，真是我的知己。」

連城倚在床上，聽嬤嬤訴說著。

「他真當我是知己嗎？」

天氣漸漸熱起來，又是她犯病的季節，常常離不了床。

「妳把藥錢都送了他，還不是知己啊？」

「嬤嬤又怨我了。爹爹不肯接濟他，說什麼救急不救窮。」

「好小姐！我只求妳今年別犯大病，否則，我的罪過可大了。」

「我沒事的。嬤嬤！我還沒到二十呢！」

「呸呸呸！童言無忌！」

「嬤嬤！」她倚在嬤嬤溫暖的懷裡：「他問起我嫁人的事嗎？」

「沒有問。問了也是白問。」

「他一定知道我不得已，我知道，他一定知道的。不然，怎麼叫做知己呢？」

「什麼呀？他知道我知道的。」

「傻嬤嬤！」連城輕聲笑起來：「妳不明白。」

「傻丫頭。」嬤嬤愛憐地摟住她：「不明白才好呢！」

喬年在每一次點燈時，都會想起那淺淺的側影。他覺得自己的生命與以前不同了，他有了一位紅粉知己。熄燈時，便想起橙兒的話，為什麼她不能嫁他呢？想著，感到一種針鏤的尖銳痛楚。

然而，她並未向他要求什麼；他怎麼可以有貪念？只要她好好活下去，便夠了。他一面用這種想法安慰自己，一面又打探了王化成的為人。這位富商公子驕貴無比，恃才傲物，雖無惡名，卻也沒有令譽。他會待連城很好的，喬年對自己說，他會疼惜她，給她好日子過。

當燕子啣泥在簷下築巢時，連城已經病得連坐起來都費力了。雖然整日吃藥，卻每況愈下，不是哮喘便是昏睡。

嬤嬤守著她，非常自責。老爺吩咐去買赤瓊花入藥的銀子，給了喬年，失了療病先機。

「嬤嬤！我今年幾歲？」清醒時，她問。

「還不滿十八呢。」

「離二十還有兩年。我，真的不想死呀。」

說完，便陷入昏迷了。

史府在替連城辦後事了，消息像波浪一樣奔湧在城裡。

人們把「可憐嬌豔二十春」改成了「十八春」。

喬年日日流連在府外，看著名醫被請進府內，又垂頭喪氣走出來。

直到那天，不知從哪裡請來一位西域頭陀，高大魁梧，面色如棠，揹著一只布袋，進了史府。進門之前，突然站住，朝喬年打量了一番，看得那樣意味深長。喬年幾乎忍不住走過去，然而頭陀轉身進了門。

約莫半時辰，王化成被請進了史府，看著他旁若無人的姿態，喬年第一次感覺嫉妒。接下來便是驚惶，為什麼找他來，難道是連城？這時候多希望能有彩鳳雙飛翼啊！

王化成看過了昏睡中的連城，覺得滿意，果然是絕色，若能站在一處，堪稱一對璧人。

「無論花多少錢，一定要治好她，我來負擔她的醫藥費。」

「錢財不是問題。這位師父有神藥可救小女，只是還欠一味藥。」

「什麼藥？」

「我知道賢婿情深意重，必不肯見死不救……」

「究竟是什麼藥？」

「男子胸口肉，一錢。」頭陀說，兩隻銅鈴似的眼睛直釘著王化成。

王化成的臉色瞬間慘白：「為何、為何找我？」

「連城是你的妻子呀！這種事誰願意呢？傳出去會惹人恥笑的。現在沒有別的法子，只有試一試。賢婿——」

「住口！」王化成的嘴角扭曲著：「瘋了！你們全瘋了，竟想剜我的心頭肉。」他的修長白皙的手指護著前胸，冷冷地：

「我要去告你們謀殺——」

幾乎是從史府中逃奔而出，他的馬差點踐踏到徘徊門外的喬年。

到底發生了什麼事？難道連城真的……他覺得一刻也等不下去了，就算是拚了命也要闖進去。

正當他準備敲門時，門忽然開了。敏兒走出來。

「是喬公子嗎？」

「我是。」喬年看見敏兒頰上有淚光，惶惶然地：「連城小姐她……」

「嬷嬷說公子是小姐的知己，請公子去見最後一面。」

最後一面？怎麼第一面還沒見到，就要見最後一面了呢？

我要的只是妳燦然的一笑

終於，他看見了連城，錦被外小小的容顏，單薄乾淨，眉目如畫。這張傾城的面容，卻令他深刻疼惜。緩緩地，他在床畔跪坐下來。今生只有兩次照面，她都看不見他。他好想她睜開眼，看一看他。

「難道沒有法子治好她？」

「藥方是有。」一頭陀走進來。「只是藥引難求。」

「只要有方，便能求藥。」

「說得好。藥引便是男子胸口肉。」

喬年於是明白王化成昂然而來，倉皇奔去的原因。

他用力扯開前襟，露出胸膛，轉頭向頭陀道：「大師請看，合用不合用？」

頭陀放聲大笑，連屋瓦都震動了：

「好！我在門外見到你，便知道錯不了！」

藥袋中取出一柄冰雪似的利刃，放在桌上，收斂起笑容：

「怕不怕？」

喬年再次凝望連城，那個每次在點燈熄燈之際，令他苦苦想望的女子。

微笑著，他說：「不怕。」

隨即執起利刃，閃電般刺向自己胸膛。頭陀出手相助，剮下一片肉。鮮血淋漓，迅速染紅衣襟，激烈的疼痛，令他盲了片刻。

頭陀取出創藥為他敷上，稍稍止了血，也鎮住痛。

嬤嬤忍不住哭起來：

「我家小姐果然沒看錯人。她用藥錢助你燈火，你願意割肉給她熬藥……」

「燈火資，是連城小姐的藥錢？」喬年喘息著，血汗交流：「是我害了她。」

「都怪我。」史大人老淚縱橫：「連兒柔順，我只想她依我，卻不顧她的心意。若不是你，連兒斷無希望。只要她能康復，我作主，讓你們成婚。」

連城服下一丸藥，便甦醒過來，她看見守候在床畔的父親、嬤嬤，還有一位男子，胸口給層層藥布纏著。她立刻認出喬年。

昏迷時，她聽見橙兒哭著數落王化成的無情；然後，她感覺到有一雙深情的眼眸，牢牢地看著自己，她聽見每個人說話的聲音，她知道發生了什麼事。

「謝謝你。」她輕聲說，淚水湧進眼眶，順著面頰，滔滔傾流。

看著她，強烈的酸楚又來了，他想拭去她的淚，卻又不敢妄動。

「別擔心，妳會好的。」

連城服下第二丸，精神好多了，也知道了父親許婚的事，見到喬年，卻仍是哭，還帶著些羞怯。

連城服下第三丸藥，喬年便離開了史府，嬤嬤教他回去等好消息。

好消息卻沒有等到。

王化成聽說連城起死回生，堅決不肯退婚。向來只有他拒婚，今番怎能讓人退婚？

他可以不盡義務，斷不可放棄權利。

反覆把玩著自己的玉蔥似的手指，他笑著：「岳父大人若將連城許了別人，我便上告悔婚，還要揭露你府上以人肉入藥的事。太守大人與家父是換帖兄弟。岳父大人要三思啊。」

史大人灰頭土臉，只得召來喬年，以豐盛酒筵款待。喬年歡欣前來赴約，卻在看見千兩白銀時，心情驟然黯淡。

「事情生變，王家不肯退婚。我們辜負了你的恩德，只得以此相報。」

「大人。」喬年離席，他的眼睛被憤怒點燃了火，熊熊燃燒：「我來獻藥，不為求婚。只是，士為知己者死。」

「是、是，我知道。這裡有千兩白銀，聊表……」

「您弄錯了。大人！我的血肉，不賣！」

喬年岔然離席。

消息傳上樓時，連城昏厥，摔倒在繡架上，一時鴛鴦蝴蝶，各自零散。

醒來時，連城呼叫嬤嬤：

「去！去跟他說，去告訴他，去呀！去呀——」

「說什麼呢？小姐！跟他說什麼？」

「就說，天涯、何、處、無、芳草，以他的才華，得功名，配美眷，都不是難事。」她的淚水不能遏止地奔流：「不必以我為念，我反正就要死了，何必爭我這個泉下之鬼？」

聽著嬤嬤轉述，喬年臉上僵硬的線條鬆弛，眼光柔和了。

「她又流了許多淚吧？」

「可不是。哭得厲害呢！」

「我所做的一切，為的是知己，並不為了美貌。恐怕連城也不是真明白，否則她便知道，就算不能廝守，只要她好，我再無怨。」

只是，從沒見她笑過呢。總是痛楚和眼淚。

「嬤嬤，下次再見到連城，請她為我一笑，此生便無憾了。」

喬年在井邊俯視倒影，胸前疤痕像是一對鴛鴦，已經結痂了，然而思念連城時，細細微微的疼，彷彿連城用針刺出來的繡像。他並不排拒那種痛感，反而覺得是享受。

他想像著自己的血肉被碾進藥丸裡，連城啟唇，含入口中，吞嚥，滑進她的身體。

他必須一桶桶水兜頭澆下，才能冷卻熾熱的思緒。

一個月後，在史府門口，喬年遇見燒香返家的連城。她由侍女扶持著下轎，進門之前，看見了喬年。注視著彼此的眼眸，那個允諾如此清晰，她活著，為的就是償還這個盟約，傾全部的青春與美妍，給他一個終生不能忘記的笑靨。

當她對著他嫣然一笑，驀地四周都暗了下來，只有那笑顏如此深刻真實。

他的心中轟然狂喜，連城，果然是我的知己。他微笑著，對她頷首，算是一種感激。

然而，卻有熱淚漫進眼中，因為那笑太美，有著訣別的意味，他禁受不住，竟有了欲哭的衝動。

那夜，喬年在胸口劇烈疼痛中醒來。赤裸的胸膛上，傷口紅腫發燙，極不尋常。

他想到了連城。

想起她白天那樣淒絕美絕的，一笑。

奔到史府時，明燈晃晃，哭聲不絕，連城已於當夜急病亡故。

纏綿

連城把一切都想起來了。

她是死了。

真正只剩下自己一個人了，試著唸了幾句佛經，索然地住了口，這種寂寞，是神明也幫不了的。

好冷好冷呵。

什麼都沒有了，都是一場空。

連城。

彷彿有人喚她，一聲比一聲真切：連城！

連城。

她站住了，這聲音來自身後，轉過頭，她看見，不會的，可是她真的看見，喘息著，一步步向她走來的。

喬年。

他怎麼會在這裡？

「我不能讓妳一個人走。」他是一股厚實的溫暖，令她更加感受到自己的寒冷。

「妳在發抖。冷嗎?」

他圈住她,鼻息吹在她的髮上,她已經沒有鼻息了,為什麼他還有?

為什麼他還能出聲?她發現自己失去了語言能力。

「別怕!我陪著妳。」

有腳步聲靠近,走來的人像是官人的打扮。連城忙掙出喬年懷抱。

「喬兄弟!怎麼跑到這兒來了?趁你的身子還沒僵,快回去吧!」

「我找到連城姑娘了,顧兄!你在地府掌書記,一定有法子,幫幫我們。」

「你本不該來,我這便送你回去。連城時辰已到,我真幫不了了。」

「那麼，我便在此伴她，我不忍撇下她一人。」

連城搖頭。不！不要為我這福薄之人犧牲。回去！回去吧。

「你照顧我的妻兒，如此高義，理當報答。只是，這事非同小可，我也愛莫能助。」

「顧兄不必為難。」喬年轉頭看著連城：

「我們是可以同死的知己，當然要同生，絕不獨活。」

說著，他因為篤定而微笑。

連城掩住嘴，淚傾如雨，他伸手去拭，那淚如此光滑，像珍珠。

連城感覺他的溫度降低了，忍不住握他的手。

「罷了！罷了！」老顧呻吟地：「若有什麼干係，我獨力承擔，你們回去吧！一起回去吧。」

往光亮的地方走。老顧把他們帶到回陽路時，殷殷叮嚀。

握住連城的手，喬年迅速往光亮走。

「回去了，便算再世為人，我們不只是知己，還要做夫妻。」

光亮就在眼前，像是一條甬道，穿過去，便是陽世了。

忽然，連城扯住喬年，阻止了他進甬道。

「怎麼，妳不想回去？」

連城搖頭，憂慮並且哀傷。

「妳擔心，怕我們回去了，還是身不由己？」

可不是。那樣複雜繁擾，變化莫測的人世，誰也把握不住啊。

「或者，我們回地府去？」

連城不點頭也不搖頭，瞅著他，用那樣一種特殊的眼神，令他怦然心動。

他又想起她吞食藥丸的姿態，他的呼吸因而濁重了。

她的輕輕軟軟涼涼的身體貼近他。

他的前襟敞開，傷口露出來，她用手指愛撫，而後，她的唇貼上去。

喬年狂野地捧抱她，一逕熾熱地燃燒起來，再不需要冰冷的井水。

在人世與幽冥的交界處，他們相愛。人或是鬼或是神，都不能干涉。

只有胸前那對鴛鴦，如浮游水上，見證著這一場，死生纏綿。

——本文取材自《聊齋》〈連城〉

狡兔與飛鳥之歌

那傾訴雖是無聲，卻是震耳欲聾。
我一面覺察到危險；
一面升起異樣的柔情。
柔情，令我感覺更危險。
也許有一天，我該殺了他，
永絕後患。

第一章　鴻鵠高飛，縱橫四海——子房

砰！砰！砰！

一記又一記沉沉地砸在我的腦門上，不知是醒來或是在夢中，我看見力士揚起手中一百二十斤重的鐵鍾，那錘子在陽光下閃電一般地擲出，擲向最華麗的那台車駕，嬴政獨夫，該你命喪博浪沙！

不！那不是他的車駕，所有的衛士迅速聚攏，而後輻射如飛箭：「抓捕刺客！」我轉頭對力士大喊：「逃！」

我的喉頭彷彿有火在燒，哭我那壯志難伸，短命的弟弟，我在世間唯一的親人，祖國亡滅那一日，病弱的他一口鮮血噴湧在我的素衣上，像一朵突然怒放的豔紅牡丹，那牡丹吞噬了我。家中三百僕役跪在地上祈求：「安葬了少主人吧。」我的指甲深深刺透掌心，卻全然無知覺，直到鮮血汩汩而出，淌在弟弟的屍身上。我們一起長大，一起讀書，一起習劍，他有鴻鵠之志，要抵抗強秦，保衛祖國。我家五代以來皆在韓為相，如今卻眼睜睜看著國家滅亡，生靈塗炭，我唯一的血親也幽憤而亡。

血債血還。必須刺殺他，刺殺那個惡魔為祭，再來安葬我的弟弟。

我解散了所有僕役，變賣家產，四處尋訪，鉅資買到大力士，埋伏在博浪沙下手，卻還是失手了。

砰！砰！砰！

一聲重似一聲，我想，我可能還沒醒來，但我想醒來，逃亡的滋味真的很難受，那段行刺失敗後的逃亡生涯，使我落下了病根，莫名發燒，渾身無力，藥石罔醫，折騰個兩天才能緩過來。這是一個烙印，時時提醒我，復仇大業仍待完成，我的命不是我的，我，不是我。

子房！子房！開門啊。

是他，他的聲音裡滿是焦慮，卻也溫柔。我想回應他，我一直都想回應他，但我不是我，又能如何？

砰！我感到一陣風吹在身上，窗戶開了，有人將我的身子托抱而起，那是一雙強壯的臂膀，卻有著小心翼翼的姿態，彷彿力氣大了點，就能把我弄碎了。

我努力睜開眼，看見項伯，是的，當然是他，總是他，在我需要的時候出現。

「水。」我的聲音喑啞。

他去取水，發現爐灶已冷，沒有熱水的時候，我看見他的肩背緊繃，從腰中掏出自己的水壺，湊近來餵我喝了幾口，見我可以慢慢坐起，才忍不住地埋怨：

「為什麼不找個人伺候你？」

「你知道為什麼。」

他見我全身都是汗，說道：

「衣裳該溼了吧？我幫你更衣？」

我搖頭，指了指櫥櫃的方向：

「我自己來。」

他取了乾淨的衣裳，遞給我，而後把剛剛推開的窗戶關上，背對著我，坐下來。

「這次的病，犯得更重了嗎？」他問。

「倒也還好，只是醒不過來，那些往事，一件件的在眼前，怎麼也忘不了。但，也不想忘……」

「這條路，還要走多久？哪一天，才能到頭啊？」他側著臉，那稜角分明的曲線，在歲月中起了微細的變化，卻仍是最令我安心的面容。

我覺得什麼話都能對他說，他都能懂。

「以前就是想滅秦復仇，到如今，秦軍潰敗，我卻還放不下。」

「放不下沛公？」他轉過身子望著我，語氣略顯急切。

「他是我的知音。雖然品行不良，寡情性貪，但他對我確實是言聽計從，非常禮遇，我想助他成大業。」我靠近項伯，望著他的眼睛對他說。

「羽兒也想成就大業，他也是雄心勃勃，志在必得的。將來鹿死誰手，猶未可知……」

項伯是項羽最小的叔父，也是最沒有企圖心的項家人，或許如他所說，他的人生在遇見我之後，徹底改變了。

而我呢，行刺失敗之後，逃亡於下邳，有了兩場奇遇。首先是得到黃石老人《太公兵法》，使我具備有「運籌帷幄，決勝千里」的本領。但老人對我最重要的啟發則是：

「成為一個男人，如鴻鵠高飛，那是你的天命。」

自此，世上有了張良，再無張娘。

從小和弟弟生活在一起，我原本就常作男兒裝扮，尤其是父母雙亡之後，我喜歡忽男忽女，撲朔迷離的趣味。

自從與黃石老人約定，我為自己黥上了濃眉與鬢角，將前胸勒得緊緊的，舉手投足之間，盡顯豪氣。在下邳一帶與一幫兄弟行俠仗義，除暴安良，而後遇見了項伯。

在一群嗜酒粗豪的男人之間，他顯得沉靜，如果不是因為笑起來那樣純真，我可能會對他更有戒心。然而，他常常有意無意地，用一種若有所思的眼神凝望我，當我抬眼看他，便又轉開目光。那時候項羽還未崛起，我們都不知道命運會如何安排。

他送了我一隻色彩斑爛鮮麗的五色鳥，我曾經很喜歡，當我還是一個女人的時候。

「項兄送我五色鳥？」

「我想你會喜歡。」他微微帶著笑意，但不是嘲弄的那一種。

我一劍劈開籠子，受驚的鳥飛逸而去。

「你想錯了。」我對他說。

「是的。」他垂下頭，我看不見他的表情：「我想錯了。」

我感覺他看出了什麼，但他只是安靜，不動聲色。

在不動聲色中，卻也不斷地無聲傾訴。每一次，當我們與惡人格鬥時，他總護衛在我身邊，甚至明明不在行動中，他卻出其不意地現身，有兩次我受了傷，他急切呼喊：「子房！你傷得如何？要緊嗎？」而後奮起暴擊，必將傷我者格斃。那傾訴雖是無聲，卻是震耳欲聾。

我一面覺察到危險；一面升起異樣的柔情。

柔情，令我感覺更危險。

也許有一天，我該殺了他，永絕後患。

每一次我都下定決心殺他，卻在見到他雙眼的瞬間，變得軟弱。他的眼底有深情，以及自抑的痛楚。他垂著肩，毫無防備地站在我面前，對我溫柔地微笑。

「昨晚睡得好嗎？喝多了吧？頭疼嗎？」

這哪裡是兄弟間的對話？轉身走開的時候，我告訴自己，我一定要找機會殺了他，不讓他壞了我的大事。這是我九死一生得到的第二條命，不能被任何人毀了。

我還在擬定殺項伯的計畫，他竟滿身是血，奄奄一息地被抬到我面前。兄弟們說他是要去刺殺我的仇家，結果被困在陷阱中，刀刀刺進要害。我吩咐他們不可再去尋仇，我們連夜去往隱祕的躲藏處，一座山裡的客棧。我與項伯被安置在最寬敞的房間，他已經由醫者治療並包紮好了。「三天，若撐過三天就沒事了。」老醫者離開前如此叮嚀。

等到所有人都退去，我搧著小火爐煮藥，突然發現自己在顫抖，從看見重傷的項伯到此刻，竟然完全忘記了應該要殺他，只是那麼擔心他會死去。他的臉色慘白，嘴唇乾裂，沉沉昏迷著。

「你不會死吧？不可以，我不准你死。你得好好活著。」

我蜷著身子，癱軟在他身邊，突然覺得頭痛欲裂，渾身顫抖，那是我第一次發病。就像是已經無法承受更多，又像是項伯在我的靈魂中留下的烙印，永不消失。

「你今夜為何冒險前來？難道，項將軍真的要攻打漢軍？」我想，若不是情況緊急，項伯不會跑來通風報信。

當漢軍長驅直入，進入咸陽，我便預料到會有這一天。項羽豈能容忍這一等一的戰功不是他的？「先入咸陽則為王」，這是當初的約定，看來項羽要毀約了。毀約之人，必定大開殺戒。

「楚軍有四十萬，漢軍能抵擋嗎？」項伯問。

漢軍只有十萬人，如何抵擋？

「你從哪裡來？」我問。

「鴻門。」

我倒抽一口氣，四十里，只相距四十里，連撤軍都來不及了。

「既然逃不了，那就面對。」我對項伯說：「請稟告項大將軍，就說沛公久未相見，甚是思念，將親身拜會敘情。」

「不！這太危險了。」

「這是沛公唯一的機會。」

項伯嘆了一口氣：

「當初你就不該讓我回楚，我們不該分開，我們應該退隱山林，遠避一切災厄。」他握住我的雙手，懇切地注視著我：「跟我走吧，就是現在，不要再等了。」

「將來，了卻天下事的那一天，我們一起走。但不是現在。」

「劉邦有那個膽量嗎？他敢來鴻門？」項伯挑了挑眉。

我將手從他掌中抽出，反握住他的手：

「若不能說服他，我便同你一起離開。若他聽了我的，我們鴻門見。」

他深吸一口氣，點點頭。

「他會聽你的。鴻門見。」

他打開門往外走，突然停住腳步，又是那樣的側臉：

「從你放飛五色鳥，我就知道你需要很大的天空。我在鴻門等你，就像以前一樣，我會保護你，萬死不辭。」

他的身影迅速掩沒於夜色中。

我點起一盞燈，在黎明前推門而出，對著不遠處戍守的衛士喊著：「通報！良要見沛公，緊急軍情。」不多時，四周的火把明晃晃點燃，不知道這樣的一個決定，會不會改變歷史？但我此刻充滿力量。

第二章　身思玉兔，迷離撲朔——項伯

策馬疾馳，我得在天亮以前回到鴻門，而我的掌心與手背上，仍殘餘著他的溫度。

自小我便是楚國項將軍府中，最不出色的男兒，但我並不自慚形穢，我喜愛經典，尤其是《詩》。「關關雎鳩，在河之洲。窈窕淑

女，君子好逑。」我沉浸在情詩的溫柔之中；我因戰爭詩的顛沛死亡感到傷痛，我能文，也能習武防身，我相信終有一天能遇見那個牽動神魂的女子，「燕爾新婚，如兄如弟。」這是我的憧憬與嚮往。

命運牽引我來到下邳，遇見了子房。

「我叫張良，字子房。叫我子房即可。」他對我一揖，微微笑。

「我叫項纏，字伯，就叫我項伯吧。」我說著，眼光卻無法從他身上移開，除了英氣、瀟灑與飄逸，他還有著難以言喻的細緻。難道因為他的素衣是特別好的質料製成？

他一定有些不同，與我們不同，奇怪的是，其他人似乎完全沒有這種感覺。他是首領，極富正義感，每次除奸扶弱都計畫得萬無一失。他也能大碗喝酒，大口吃肉，只是退席得比較早，因為怕聒躁，習慣獨眠。兄弟們說子房是貴族公子，自然與我們不同。貴族公子我見過許多，但他依然不同，我感覺他的身上有一個祕密，我想要解開這個謎底。我發現自己不由自主地被他吸引，他的每一次出現與移動，沉思與發笑，乃至於板著臉說話，都那麼特別。

直到那一次的月圓之夜。從我還是個孩子的時候，每當月圓之時，我就喜歡爬到屋頂上，看著皎潔的月光，我伸出手，伸得高高地，好像能觸到那冰涼的月亮。不管天氣有多熱，月亮觸摸起來都是寒冰的感覺。

當我出神地望著圓月，突然聽見一陣騷動。探身一看，竟然是子房的房門被打開，而後，客棧主人的寶貝女兒小雀，被人從房裡推了出來，嘴裡嚷嚷著：「公子就要了我吧，我的心意你是知道的……」隨之而後衝出門的是子房，他少見地倉惶失措，不管不顧，大踏步地揚長而去。

小雀的母親奔跑過來抱住小雀，聲聲問：「公子怎麼啦？」

「他不要我！」小雀放聲大哭：「他說他不能要我啊。為什麼？

為什麼？」

我覺得自己的太陽穴一緊，突然通透明白了。子房不能要小雀，他不能要任何一個女人，因為他就是女人，他，是女人。

確認他是個女人之後，這個祕密變成我的了。我想他必然有不得已的苦衷與理由，但作為一個女子，行走江湖，與一群刀頭舔血的爺兒們朝夕相處，這不是很危險嗎？在這樣的亂世，許多人都有需要隱藏的原因吧。雖然不知道他的身世，不知道他女扮男裝的原因，但是，既然他在我身邊，就不得不多照看著一點。

他是我所見過最獨特的女人，決斷力與執行力遠遠勝過男子，我聽過兄弟們對他的崇拜之情，但我總是感到擔憂，在他無比的堅強中看見脆弱。也許只是他獨飲獨酌的時刻；也許是他望著一棵發芽的樹；也許是他獨自一人，迎著風從遠處走過來的模樣，我的心緊緊抽痛，他該有多麼孤獨啊。

這難道就是愛嗎？怎麼竟是混合著苦澀與痛楚的？

當我對他噓寒問暖時，他從不答覆我，而是帶了點嘲弄的語氣：

「項兄人高馬大的，怎麼倒有點女娘氣啊？」

我無語，低下頭酸楚地笑了。

我送了他一隻五色鳥，想著在無人之處，也許可以伴他說說心裡話，他當著我的面，劈開鳥籠，放走了鳥兒。我望著飛入天際的鳥，心中明白，他就是需要高飛的鳥，我只能為他攔住所有獵人。

但我失敗了，當那一刀刺穿我的胸膛，我想，原來我竟是要為一個女子而死，這女子卻對我的情意全然無知。

有冰涼的觸感滑過我的鼻梁，是月亮嗎？那撫摸非常溫柔，猶豫不決地來到我的眼窩，而後，我聽見耳邊傳來熟悉的聲音：

「你不能死，我不准你死……」

是子房，竟然是子房。

我感覺他病了，渾身發燙地臥在我身邊，是不是我們都要死了？我並不想呼救，不想找人來救我們，如果可以跟他一起死去，不是夢寐以求的結局嗎？比《詩》更美。

我從黑暗中轉醒，發現自己的傷口已經換過藥，重新包紮了。子房披散長髮，蜷睡在我身邊，我伸長了手，像觸摸圓月那樣地，輕輕滑過他光滑的髮絲，他還好嗎？他還活著嗎？我想喚他，卻無力開口。

不知昏迷了多久，雖然全身的傷口還很疼痛，但失重的情況已消失，我側轉頭，看見子房的背影，他將門開啟，庭院裡的桃花盛放，日光照到哪裡，哪裡就燃燒閃亮。雖然是男兒裝扮，但他纖長的身影，宛如畫中人，這是一幅絕美的圖畫，我想一點一點地鐫刻在心裡。

「桃之夭夭，灼灼其華……」我忍不住地脫口而出，驚覺不妥卻已經來不及了。

這是歌詠女子出嫁的歌謠，我洩露了這個祕密。子房一個欺身用匕首抵在我的脖子上，他要殺我了。我知道他早就發現我知曉了這個祕密，好幾次想殺我，卻沒下手。

「下手吧。」我一點也不驚慌，看著他離我很近的眼睛：「我的命是妳的，妳隨時可以拿走。」

「為什麼？」他躲避我的眼光：「明明知道我想殺你，卻還不離開？還要為我出生入死？」

我抽了口氣，呲牙咧嘴：

「要殺就殺，妳壓著我的傷口，比死還痛。」

子房彈起身子，噗哧笑出來，嫣然嫵媚。滿園鮮豔的桃花頓時黯淡下來，絕美的景象，就在我面前，我幾乎忘了呼吸。

那一天，他對我說了許多話，我知道了他的故事，也感受到他的痛徹心扉。

「我不會讓任何人與任何事，阻止我，我要為祖國復仇，我要滅了嬴政。」他轉頭望著我，眼中的柔情漸漸斂去，化為冰涼。

「我知道你不會出賣我，但我也不想牽累你，今日分別，終生不見。」

「可以分別，但不能終生不見。我看妳還是殺了我吧。」這不是任性，而是真心。若不能再見，還不如死了。

「你這個人怎麼糾纏不休啊！」子房氣惱起來，眼睛更圓更亮了。

我慢悠悠地說：

「還記得我的名字？我叫項纏啊，就是要纏繞、纏繞，纏繞著妳。子房，這個結，這輩子是解不開了。」

他嘆了一口氣，緩緩垂下頭，不再說話。

我感到了巨大的幸福，也感到淡淡的悲傷。

佇立在大帳之外，看著子房跟隨沛公疾疾行來，我忙上前迎接，向沛公行禮時，他扶住我的手臂：「多謝項兄弟義助，他日必有重報。」一往日雖然看似漫不經心、粗枝大葉，此刻能聽從諫言，勇於親身赴會，使我對沛公刮目相看。

當然，要說服羽兒接見沛公也很不容易，范增的意思是要一舉殲滅漢軍，永絕後患。

「漢軍只有十萬，我楚軍四十萬，以眾擊寡，勝之不武，於大王名聲無益。不如先聽聽沛公怎麼說，再做打算。」我是這樣對羽兒說的，但我這樣做，並不是為了沛公，而是為了子房，子房想要成就的大事，我只能義無反顧，全力以赴。

子房與我行禮時，手指微微碰觸到我的，我知道，那是感謝，雖然他的臉上沒有一點情緒。

沛公熱絡地與羽兒敘舊，表明自己絕無稱王之意，既誇讚羽兒的赫赫戰功，又傾訴分別之後的相思之情，哄出了羽兒的赤誠之心，縱使范增好幾次舉起玉玦，在鼻間摩搓，發出「必下決心殺之」的強烈訊號，但羽兒視若不見，只顧著與沛公飲酒暢談。

范增招手喚項莊到面前，囑咐了幾句，莊兒領命，他走到羽兒面前。

「大王與沛公飲酒歡聚，何等盛事！請准莊舞劍助興。」

「好！」羽兒大樂：「吾弟劍舞，楚中第一。」

有了范增的授意，怎麼可能只是舞劍而已？

子房站在沛公身後的陰暗處，他那寒星般的眼睛，閃動著警戒的光亮。我的渾身肌肉都緊繃，將手放到了劍柄處。以往看著莊兒的劍舞，如飛瀑騰空，如銀河墜落，總是看迷了我的眼，此刻我卻緊密地注意著他的呼吸，揣摩著他的意圖，他一步步逼近沛公，子房也從暗處走入燈下，但他們沒有兵器，該如何抵擋？我的劍已出鞘，猛力擊開莊兒的劍，他的劍尖直指沛公胸口。噹的一聲，劍尖碰撞出火花。

「叔父！」莊兒的聲音低沉而堅決：「退！」

不！我不能退。我承諾過子房要保護他，我只能與莊兒纏鬥，在我們很貼近的時候，我在莊兒耳邊說：「不可殺！」

他格開我的劍，繼續進逼，我知道自己的劍術不及項莊，我知道自己不能擋住他凌厲的攻勢，而我保護沛公的舉動，已讓我成為項家的叛徒，但我捨了命也不能退。

帳外突然響起喧譁叫嚣，來者是沛公的連襟樊噲將軍，是個為了護主，赴湯蹈火，在所不惜的漢子。他從帳外衝進來，用盾牌撞倒了衛士，羽兒大驚而起，問道：「來者何人？」

子房的聲音清亮：「樊噲，乃是沛公的車夫。」
原來是子房去帳外喚了樊噲進來，保護沛公，也保護了我。
「壯士！真是壯士！」羽兒讚歎著走向前：「陪我喝一杯！」
我喘息著，退到一邊，接下來的場面太精采，樊噲指責羽兒背信忘義，甚至數落他的行徑與獨夫嬴政無異，羽兒卻沒有動怒。這一段鴻門之宴未來必當載入史冊，而我並不關心。我在意的只有子房，能全身而退，沒有受傷，這樣就夠了。
沛公藉著不勝酒力退席，留下子房向羽兒致意，呈上禮物。羽兒知道我和子房是過命的兄弟，囑我送他離開，那時候，沛公早已安全回到漢營，卻獨留子房面對這不測的危險。
「妳如此為他設想，他待妳不過如此。」我有些不忿。
「這是我事先安排好的。有你在，我有什麼危險？」他似笑非笑地說。

聽到這話，讓我緊繃的筋絡都鬆開了，忍不住笑起來。

「你是個傻子。」子房忽然說。

「妳是說我剛剛和莊兒……」

「你一直都很傻。」他的眼裡浮起一層淚膜。

「妳很聰明，我傻一點無妨。」

我希望可以走得更慢一些，但我們已經來到了繫馬處。今夜的月色清透，子房的面容也像月亮那樣瑩瑩發亮。

「從此以後，楚與漢總要爭一個霸主的。我們成了敵人了。」

他的聲調中有些惆悵。

「子房啊子房。」我像唱歌那樣地喚著他：「我的心住在妳的房子裡，不再屬於我的。我若與妳為敵，便是與自己為敵，那是絕不能夠的。」

「阿纏。將來，將來有一天……」他騰身上馬。而我神魂搖蕩，不能自已，他依依地望著我，不再說，也不需再說，因為我明白。

馬匹飛快地向前奔，他再次離開，獨留我一人在暗夜中。我最終還是要回到楚營，也不知道等待著我的會是什麼？但，我並不懼怕，有了子房的那句話——將來有一天——我突然有了盼望，這盼望，令我此刻充滿力量。

第三章　雄雉于飛，實勞我心——呂雉

今天試了新裝，黑色禮服，領口與袖沿上，都繡上了祥雲圖樣，細細密密的繁複，用的是最上乘的絲線，光澤閃動卻又隱密，因為我挑選了黑線，而不是金線的緣故。我為自己設計的款式，不再是雜色，而是黑，最貴重的顏色。以前，當我是呂雉的時候，就像一隻野

雞，豔俗的衣著與配色，受盡冷落和嘲弄。

但，我現在是呂后，大漢王朝的皇后。我要穿上最尊貴的禮服，我要掌握自己的命運，說我想說的話，做我想做的事，無人可以阻擋。連大漢天子也不行，擋我者，死。

「太子候旨。」侍者輕巧走來，如同耳語一般。

「傳。」我說。

從銅鏡中能看見侍者的畏懼，他們眼中的我，就是個十惡不赦的蛇蠍毒婦吧。我撇了撇嘴角，令人恐懼，總比任人欺凌要好吧？好很多。

他們都懼怕我，韓信死前的驚怖眼神，不是因為死，而是因為我的出現。他真的非死不可嗎？劉邦問我：「天下已定，大漢初成。妳何以如此狠毒？韓信是功臣，朕已削弱他的爵位，拿走他的兵權，為什麼還要殺他？」

天子好威儀，天子好仁慈，但我深知他是怎樣的人，他的無賴與深沉，薄情和寡恩，我太熟悉了。還有他的恐懼，別人或許看不出來，但我都知道。

「皇上確定他不會反？既然如此，何必削爵位、褫兵權？」

劉邦別過頭去，沒有說話。

「皇上本來就想除掉他，我只是代勞而已。」我微笑著說。

劉邦皺眉，他嫌惡地擺擺手，命我退下。

在他眼中，我已成了臭蟲或田鼠一類的惡物。他另有所愛，神魂顛倒地愛著戚夫人，他愛她的年輕，她的嬌媚，她的美貌，她全心全意地侍奉他、討好他。第一次見到那女人坐在他的膝頭，用湯匙餵食他羊乳羹的時候，我感到震驚，隨即一陣噁心，並不是因為羊乳的腥羶味，而是因為劉邦涎著臉的猥褻，曾經是我很熟悉的。

當年我還未滿二十，也是地方上數一數二的美人，父親見了劉邦便驚歎於他的面相，將我許配給他。我們的初夜，他將我摟進懷裡，也是這樣涎著臉叫喚著：「小野雞，小野雞。」我比他小二十幾歲，確實是小，雉這個字，就是野雞，但我不喜歡他的聲音裡濃濃的情欲，將我生吞活剝。

嫁了他才知道他比我想像得更窮，除了亭長的公務，每天與朋友鬼混，為了養家，白日裡我辛勤勞動，農桑耕織，忙到天黑，好不容易歇息下來。劉邦酒醉回到家，掀起帳子便「小野雞欸，小野雞……」地叫喚著，雖然我不喜歡他的酒臭氣息，不喜歡他的粗鄙，但想到他是我的終身倚靠，便動情地攬抱住他汗溼的胖大身子，配合並應承著他的喘息。

在那樣的某些夜晚，我不只是孝媳、賢妻和慈母，我也是一個女人，是一個被丈夫愛著的女人。

他曾經因怠忽職守，逃進山中隱藏，我得偷偷上山為他送酒食與衣物，山路狹仄難行，我的鞋子破了，腳掌被石子刺得鮮血淋漓。他見到狼狽不堪的我，只問了一聲：「沒人跟蹤妳吧？」

我的傷，我的辛苦和擔憂，他並不在意。吃飽喝足便將我推倒在草叢中，肆意而為，風聲咻咻在耳邊，我們是患難夫妻，哪怕是在如此窘迫的時刻，仍要歡愛。他永遠都會愛我的吧，我為他奉獻了一切，毫無保留，他如何能再愛上別的女人？我的激情被點燃，身體裡最濃烈的愛意淹沒他，也淹沒我自己。

劉邦跟著兄弟們投入反秦大業，臨走前一晚，他也將我抱在膝上，把頭埋在我胸前，喃喃地：

「我把爹娘和兒女都交給妳了，我的身家性命，都是妳的了。」

「你不會不回來了吧？」

「只要有命，我必然回來。妳爹不是說我命格不凡？若我掙得一個王，妳便是王后；若我有朝一日當了皇帝，妳就是皇后。」

「白日夢！」我拍打他厚實的手背，這些不切實際的，我都不在乎，只希望他平安歸來，只希望與他白頭偕老。

他這一走，我們七年沒再見過面。他與項羽一起打天下，而後又反目，成了項羽的威脅，項羽抓住我和老爹爹當人質，我以為自己真的要死去了。但項羽待我和老爹十分敬重，他稱呼我「呂夫人」，衣食用度並不匱乏，在楚營之中，我反而過上了不再勞苦奔波的日子，還有幾個侍婢伺候。我想過要逃走，無奈老爹不良於行，他曾對我說：

「雉兒年輕力壯，找機會逃走吧。不用管我。」

老爹待我像女兒一樣，我又答應了劉邦替他守護家人，怎麼可能棄他於不顧。我們就這樣被軟禁著，來到第二個年頭，不知道失散的兒女是否還活著？不知道楚漢兩軍的戰事會如何發展？不知道我們夫妻是否還有重見的一天？我的頭髮漸漸花白，面頰凹陷，倏忽老了。

那一天，看管我們的楚軍官長突然改換了臉色，綁起了老爹，將他押走，我急忙跟在後面，懇求地拉住官長，問他們意欲何為？官長告訴我，楚漢對峙，項王要用劉老爹為質，逼漢王劉邦投降。

「綁我吧，我是漢王結髮妻，又是孩兒的親生娘，你們綁了我去？」

官長搖搖頭，似是嘆了一口氣：

「綁妳沒用啊，夫人。」

綁我沒用？怎麼會沒用呢？見到劉邦和戚氏的時候，我明白為什麼沒用了。他早有了新歡，這新歡朝夕相隨，恩愛情濃，還為他誕下一個備受寵愛的兒子，取名如意。我和我的兒女，都是無關緊要的人了。

那一天，我跟在老爹身後，上了城牆頭，看見一個煮著沸水的大鼎鑊，老爹抖得像個篩子，鼻涕眼淚流了滿臉。

「兒啊！救我，救救我！」

不遠處的城牆頭上，站著一群人，「漢」字旗在風中搖動，漢王劉邦算是闖出名號，飛黃騰達了吧？然而，他的兒女失散，不知去向；老父與妻子淪為階下囚，我一直以為他會想辦法營救，他卻什麼都沒有做。

「漢王！」我奮力大喊：「救我們，救老爹！」

對面牆頭一陣騷動，而後安靜下來。那一排穿著盔甲的男人，我無法辨認，誰是劉邦？劉邦到底在不在？

「劉邦！看見了嗎？」項王的聲音極具穿透力：「若不投降退兵，我便烹了你的父親。」

我轉頭怒視項羽，心中充滿恨意。自稱西楚霸王，卻只能對一個垂暮老人下手，算什麼英雄？

「霸王啊！」劉邦濃濁的嗓音傳來，確實是他，雖然六年多沒見，確實是他。我爬起來，攀到牆頭，想看清他的樣貌。

「我們曾經結拜兄弟，我的爹就是你的爹，你要是烹了你的爹……」他譏誚嘲弄的笑聲傳來：「別忘了分一杯羹，給我嚐嚐。」

這句話像鋒利的大刀劈開了我，這是一個人會說出來的話嗎？這是我的丈夫說出來的話嗎？啊！啊——

我崩潰地、失控地、撕心裂肺地叫出聲，在這寂靜的天地間，我的痛嚎成為無比尖銳的哀音。

我恨死劉邦，如果他在我面前，我會殺了他，這個狗彘不如的禽獸，我要殺了他。

劉老爹的命留下來了，而我在楚營病了一個月，他們說是給嚇病的，但我知道，乃是對這個世界的絕望所致，心如死灰，藥石罔醫。

直到我見到了項伯，他偷偷傳來一紙書信，是由劉邦最信賴敬重的張良所寫的，寥寥數語，已經給了我活下去的希望：

「夫人摯愛，平安在營，必有相見之日。祈珍重。」

原來，我的兒女還在人世，已回到他們父親身邊，為了我的孩子，我必須好好活著。這是我頭一次感到被撫慰，來自一個素昧平生的人，他在信末的簽署是子房。子房，默唸著，從那時候我就記住了這個人。

盈兒靜悄悄走到我身邊跪伏在地：

「兒臣參見母后。」

我命他平身，他仍低著頭，並不看我。我最鍾愛的兒子，我努力活在人世間的唯一理由。他的面容秀雅，舉止溫和，他也怯弱仁慈，敏感而富同情心。人們說他像我，他像的是少女時代的我。我倒是看見他就想到曾在屋後圈養的那群兔子，兔子多麼柔弱可愛，但我養牠們為的是皮毛，我需要養家活口，我必須屠殺牠們。有一回，我剛剝開兔皮，鮮血淋漓，就聽見身後傳來一聲「啊。」我知道是盈兒，小小的他趴跪在地上，我想靠近，他渾身發抖，縮進牆角。在他眼中的母親是什麼形象？我心知肚明，但我不能介懷，為了我的兒女，我屠殺兔子不眨眼。可能威脅到我兒帝國的功臣，我也絕不手軟。我是一個頑強的母親，不是一只母兔。

「盈兒又消瘦了。」我伸手碰觸，他閃躲開來。

「太子知道我為什麼找你來？」我挺直了背脊問他。

「留侯不會來的。」盈兒低聲說。

「那戚氏謀奪后位，是子房叔叔替我上諫，才保住為娘的后位。戚氏與如意謀奪你的太子之位，我絕不能令她得逞，子良叔叔定有良策。」

「母后聖明，兒其實無意於太子……」

「閉嘴！」我陡然打斷他：「我們母子二人吃了多少苦，才能走到今天。抬起頭來！抬頭！」

我拽著他來到銅鏡前：

「看清楚，你額上的傷痕，那是你父親兵敗撤退時，嫌你們兩個孩兒拖累他，三番兩次把你們扔下馬車，不顧你們死活……你都忘了嗎？」

銅鏡裡映照的是一對離心離德的母子，母親的憤怒與兒子的哀傷，摧人心肝。我閉上眼，拍撫他的背，安慰他：

「別擔心，你父皇想廢了你，立如意為太子。」我冷笑：

「我不會讓那個賤人如意的。等到留侯來了，他會想辦法的。我們等他來。」

「狡兔死，走狗烹。飛鳥盡，良弓藏。」盈兒喃喃地唸著，當韓信與彭越相繼慘死，民間便傳唱著這樣的歌謠。

可是，聽見這幾句話從盈兒口中說出來，還是傷了我的心。他難道不明白，這一切作為都是為了他？

「所以，他不會來。」盈兒的語調淡漠無情。

「你，退下吧。」這樣的隔閡已經是無法修復的了，我感到深深的孤獨。

盈兒走後，我頹然靠坐在榻上，我知道子房與他人不同，大漢建朝後，有功的臣子與將軍，大討封賞爵位，只有子房要求到留地為侯。劉邦問他：「留地小而微，為何討要留地？」

子房說道，那是與皇上相遇的地方，永銘於心。

這使我想到第一次見到子房的情景，從楚營復歸漢營，見到一雙兒女後，我便邀子房相見，早聽說劉邦對他心悅誠服，稱讚他：「運籌於帷幄之中，決勝於千里之外。」再加上他傳遞的那封短箋，使我有了活下去的希望。

當子房恭謹地向我走來，行禮如儀，我的心中轟然作響，無比駭異，久久說不出話來。

「夫人，您受委屈了。」他說。

不，不是他，是她。他竟然，竟然是個女子。

我仔細打量他，他的鬢角是黥上的，他的舉手投足，談吐氣質，都那麼神似男子，但我明確感知到，他是女子。他好大的膽子，竟以女子之身，做出男人也做不到的事。我壓抑著情緒，控制著微微顫抖的身體。

「跟在漢王身邊，意欲何為？」我從眼角看他，難道除了戚氏，還有一個張氏？劉邦身邊哪還有我的立足之地？

「子房與漢王相遇於留，漢王乃是子房的知音。我本欲為韓國復仇，殲滅暴秦，如今，一心助漢王稱霸天下，令百姓安居樂業，余願足矣。」

「漢王是否知道？妳，妳其實是……」我哽住沒再說下去。

子房震動地望著我，沒有開口。

在那沉靜的片刻，他知道我知道了，但他不知道我有多麼羨慕他。

如果當年的我也有那樣的機遇，改換男裝，成為一隻色彩輝煌，振翅高飛的雄雉，就能掌握自己的命運了。如果他也像我一樣，出嫁成為人妻、人母，是否也只能如此度過庸碌悲傷的人生？

「子房。妳寂寞嗎？」

「生而為人，難免寂寞啊，夫人。」

「子房，可有遺憾？」

「便是死於此時此地，亦無所憾。」

他以為我要戳穿他，他以為我會處死他，因為我知道了他的祕密。但我不會，我想起了一個人，項伯。鴻門宴時通風報信，奮不顧身，當我在楚營將要死去，他為子房遞信給我。

「項伯是何人？」我問。

「項伯，是子房的生死之交。」

子房真是幸運，當個男人，得到知音；做為女子，能有同生共死的心靈伴侶。而我沒有知音，更沒有心靈伴侶。

「夫人，因何憂傷落淚？」

我流淚了嗎？是的，我流淚了，為了他，也為了我自己。

「當個男子，可以安邦定國，輔弼君王。當個女子，就只能是個女子，以色事人，諂媚承歡……」

不會的，我不會戳穿他，不會毀壞他想要的人生，那是我想要而不可得的。

「夫人不可喪志，既有公子，待漢王競得天下，必大有可為。」

子房凝望著我，一句句地說。

「願得子房為知己，有朝一日，助我母子。」

「夫人不棄，深謝夫人。」子房恭敬行禮。

這是我們的盟約，女子與女子在暗黑的時代，相互理解，彼此支撐，絕不毀棄。

盈兒哪裡懂得？在他看來，子房已避禍遠走，豈能再自投網羅？但我並不是要網住子房，而是要藉著他的翅膀，助我兒高飛。我自己是飛不高，飛不遠的雌雉，但我知道天地間有鴻鵠。

日已西斜，為何子房還沒有來？難道他對我感到失望？誅殺功臣的呂后已不再是困坐愁城、孤苦無依的女子？他若不助我，我們母子必將死無葬身之地了。

「報。」侍者來到門邊：「留侯求見。」

他來了，他帶來了我的希望，他果然來了。

我深深吸一口氣，讓胸腔中的躁動稍稍平復，瞥一眼銅鏡中的自己，按了按鬢邊的髮絲。「傳。」

同時，忍不住地迎向前去，迎向子房，迎向我的命運。每一步都那麼穩當，那麼確定，此刻的我充滿力量。

——本文取材自司馬遷《史記》

〈項羽本紀〉第七

〈高祖本紀〉第八

〈呂太后本紀〉第九

〈留侯世家〉第二十五

跋 我的古典時代

——二〇二四年增訂版新跋

原來，這些故事這麼精采動人。原來，我真的是個很會寫小說的人啊。幾乎要被我遺忘的那些小說創作的時光，就在我輕翻書頁時，被喚醒了。這幾年來，因為生命的遭遇，引領我走上中年覺醒與照顧者療癒的書寫，為此也收穫了許多新讀者。而我不曾忘情於小說寫作的那種沉醉與巨大能量，彷彿不是我創作了那些角色，他們有自己的意志與情感，我只能把他們記錄下來，我那樣飛快地、著迷地寫下他們說的每句話，每一次的動情與失落。

當小說還在進行時，他們與我相伴，緊密連結，為了他們，食不知味，寢不成眠，我無法與現實世界裡的人正常交流，因為我被占據了，我不屬於我自己。當小說畫下最後一個句點，我怔怔地坐在電腦螢幕前，好像有點不甘心，卻又不得不告別，難以割捨地看著小說裡的角色，在他們完整的世界裡運轉，根本不需要我，他們得到了自主的生命。

久違了寫小說的心路歷程，在二〇二四年最新創作的萬字小說〈狡兔與飛鳥之歌〉中，再度重溫了。因為要收錄在古典浪漫小說集《鴛鴦紋身》裡，所以，愛情會是重要的主題，改寫古代經典或歷史，則是不可改變的方向。這個故事在我心中已經醞釀了許久許久，甚至伴隨著我的成長，來到花甲之年。

只因為司馬遷在《史記》留下的那句話，充滿懸念。他說被高祖評價為：「運籌策帷帳之中，決勝於千里之外。」的張良，給他一種魁梧奇偉的想像，見到張良畫像時，卻令他極為詫異，這位傳奇謀略家，竟然「狀貌如婦人好女」，不只是長得像女人，而且還是個美麗的女人。如果，張良根本就是個女人呢？這個靈光乍現的瞬間，發生在我念大學的時候。

當然，此刻我必須假設讀到這篇跋的讀者，已經讀完了〈狡兔與飛鳥之歌〉，否則，破哏之後，就會大大減低了閱讀小說的趣味了。

我從心裡感應到，張良其實是個女人，如此一來，便可以解釋許多事，比方他與項伯之間的過命交情；他與呂后之間的默契守護；他能功成身退、避禍全名，因為，他與那些男人是不同的。他不是男人，有不一樣的思維。

我仍努力地踩在司馬遷的《史記》界線上，去編寫一個全新的故事。在楚漢相爭的大時代，如果能有一個殺伐決斷，震懾人心的女主呂后，為什麼不能有一個女扮男裝，為萬事開太平的張良呢？〈狡兔與飛鳥之歌〉的第一章是張娘變為張良的過程，她的才學與智謀，在那樣的時代，只能以男人的形象呈現。第二章的主述者是項伯，也是一生摯愛張良的痴情種。我曾想過韓信、劉邦，甚至是樊噲，都有可能成為男主角，然而司馬遷留下太多蛛絲馬跡，這個為張良赴湯蹈火，在所不辭的軟萌男子，豈容辜負？第三章的呂后，原本只是要與張良形成一種映襯，不料一旦進入呂后的內心，與她一起走過那些驚心動魄的時刻，便下筆如有神，欲罷而不能了。

或許有人覺得意猶未盡，想知道後續發展，根據《史記》所載，張良確實提供了很好的計策，讓劉盈保住太子之位，也算是對呂后的成全。至於呂后當年困在楚營中，萬念俱灰時，收到張良傳來的密信，得知兒女安好，使她重新燃起希望，則純屬杜撰。這種虛虛實實，便是小說創作者胸中的丘壑與氣韻，也是讀者閱讀時的驚喜和感動。

《鴛鴦紋身》的出版是在一九九四年，轉眼三十年過去了，常有「鴛鴦粉」對我說：「真的好喜歡《鴛鴦紋身》啊，完全就是妳的風格。」說的時候有點激動，我想我可以明白，那是我的古典時代巔峰之作。做為一位古典文學研究與教學者，很幸運地可以接觸到許多充滿人性的故事，藉由我的紙和筆（三十年前真的是手寫稿），讓這些人物重生，更是一件美妙的事。

《鴛鴦紋身》剛出版時，便有電影公司來洽談，想將〈燕燕于飛〉搬上大銀幕，然而主談者突然罹病，於是不了了之。二〇一五年由一心戲劇團改編〈芙蓉歌〉為歌仔戲，在高雄和台北搬演，是一齣叫好又叫座的動人好戲，也開啟了我與一心的緣分。

三十年是一段漫長的歲月，而我重新翻閱這些故事，卻感覺那樣的年輕而鮮活，經典永遠也不老，仍在閱讀的我們也一樣。

感謝皇冠出版社和我一樣珍視著這些作品，讓它有重新增訂出版的機會，在閱讀已然式微的年代。感謝仍在閱讀的你和我，因為我們一直知道，閱讀是如何深化了我們的靈魂。

張曼娟

寫於二〇二四年二月十四日情人節

《芙蓉歌》

二〇一五年由一心戲劇團
改編成歌仔戲演出

本書如有雷同，絕非巧合。

國家圖書館出版品預行編目資料

鴛鴦紋身 / 張曼娟 著. -- 二版. -- 台北市：皇冠, 2024. 04
240 面；21×14.8 公分.（皇冠叢書；第5148種）
（張曼娟作品集；5）
ISBN 978-957-33-4131-4（平裝）

863.57　　113002877

皇冠叢書第5148種
張曼娟作品集 5
鴛鴦紋身
【30週年全新插畫增訂版】

作　　者—張曼娟
發 行 人—平　雲
出版發行—皇冠文化出版有限公司
台北市敦化北路120巷50號
電話◎02-27168888
郵撥帳號◎15261516號
皇冠出版社(香港)有限公司
香港銅鑼灣道180號百樂商業中心
19字樓1903室
電話◎2529-1778　傳真◎2527-0904
總 編 輯—許婷婷
責任編輯—蔡承歡
美術設計—嚴昱琳
行銷企劃—薛晴方
著作完成日期—2024年2月
二版一刷日期—2024年4月

法律顧問—王惠光律師

讀者服務傳真專線◎02-27150507
電腦編號◎012105
ISBN◎978-957-33-4131-4
Printed in Taiwan
本書定價◎新台幣399元/港幣133元

張曼娟
Facebook

- 張曼娟官方網站：www.prock.com.tw
- 張曼娟Facebook：www.facebook.com/manchuan320
- 皇冠讀樂網：www.crown.com.tw
- 皇冠Facebook：www.facebook.com/crownbook
- 皇冠Instagram：www.instagram.com/crownbook1954/
- 皇冠蝦皮商城：shopee.tw/crown_tw